时代楷模系列丛书

阳光下的芬芳
——记全国优秀教师李芳

种少华 编著

中原出版传媒集团
中原传媒股份公司

大象出版社
·郑州·

图书在版编目(CIP)数据

阳光下的芬芳：记全国优秀教师李芳／种少华编著.—郑州：大象出版社，2019.5
（时代楷模系列丛书）
ISBN 978-7-5711-0180-0

Ⅰ.①阳… Ⅱ.①种… Ⅲ.①报告文学—中国—当代 Ⅳ.①I25

中国版本图书馆 CIP 数据核字（2019）第 079678 号

时代楷模系列丛书
YANGGUANG XIA DE FENFANG

阳光下的芬芳
——记全国优秀教师李芳

种少华　编著

出 版 人	王刘纯
策划编辑	杨秦予
责任编辑	邓艳谊
责任校对	裴红燕
装帧设计	杜晓燕
书名题签	种少华

出版发行	大象出版社（郑州市郑东新区祥盛街 27 号　邮政编码 450016）
	发行科 0371-63863551　总编室 0371-65597936
网　　址	www.daxiang.cn
印　　刷	河南龙华印务有限公司
经　　销	各地新华书店经销
开　　本	787mm×1092mm　1/16
印　　张	10.5
字　　数	122 千字
版　　次	2019 年 5 月第 1 版　2019 年 5 月第 1 次印刷
定　　价	32.00 元

若发现印、装质量问题，影响阅读，请与承印厂联系调换。
印厂地址　河南省获嘉县亢村镇纬七路 4 号
邮政编码　453822　　　　电话　0373-6308296

序

古今中外，不乏舍生取义、舍己为人者：有"人生自古谁无死，留取丹心照汗青"的文天祥，有"我自横刀向天笑，去留肝胆两昆仑"的谭嗣同，有跳进冰窟勇救落水儿童的志愿军战士罗盛教，有三入火海不幸献身的救人英雄王锋……

而本书的主人公李芳，也是一位英雄。她出身贫寒，深知山里娃上学不易，信阳师范学校毕业后被分配到大别山深处的山村小学任教，在三尺讲台默默耕耘近三十载。她淡泊名利，拒绝了无数次调到城里的机会，把荣耀让给年轻教师，对学生亲如儿女。她无怨无悔，像春蚕，似蜡烛……

正是平时的严于律己，乐于奉献，心怀大爱，使她在千钧一发之际挺身而出，把生的希望留给学生，把死的危险留给自己。她把自己柔弱的身躯铸就一面守护学生平安的坚强盾牌，把最无私无畏的母爱化作一道守护学生生命的最牢护堤，用灿烂的生命之花铸成一座巍峨的师德丰碑。

教师光荣，母爱圣洁。她是爱生如子的典型代表，更是新时代教师队伍整体形象的真实写照。

李芳作为时代楷模和正能量的代表，其事迹也必将传承和发扬下去，流芳百世，彪炳千秋。

少华先生是一位著作颇丰的作家，同样有着对事业的不懈追求。他深入李芳老师生前生活和工作过的地方，细致访谈其领导、同事、师友及家人，以朴实深邃的笔触生动地叙述了李芳老师的光辉人生，读后感触颇深。

在新的历史时期，这种人性光辉必将照耀和激励无数的国人，在实现中华民族伟大复兴的历史征程中贡献自己的力量，我想这同样是编著者的初衷。

愿更多的人读到这本书，愿更多的人从中受到鼓舞和启迪。

陈佳贵

（本文作者为第十、十一届全国政协常委）

目　录

开　篇　……　001

一　生死两秒钟　……　007

二　再见了，大别山　……　013

三　一石激起千层巨浪　……　017

四　让我再看您一眼　……　029

五　故里寻芳踪　……　049

六　苦难岁月　……　065

七　那是青春吐芳华　……　070

八　情定黄龙寺　……　081

九　扎根山村近 30 年　……　089

十　捧着一颗心来　……　094

十一　众人眼中的"傻老五"　……　104

十二　繁星点点　……　109

十三　结束，是另一种开始　……　113

十四　师德丰碑屹中原　……　132

十五　榜样的力量　……　138

十六　有爱的地方处处是阳光　……　146

十七　太阳底下最光辉的职业　……　150

十八　老师的荣光，河南的骄傲　……　156

后记　……　159

开 篇

十月，四野凋零，云淡风轻。

一路草木萧疏，远望烟雨紫霞。经过三个小时的车程，笔者来到了素有江南北国、北国江南之美誉的古城信阳。

信阳地处河南省最南部、淮河上游，东连安徽，南接湖北，为三省通衢，是江淮河汉之间的战略要地，也是中国南北地理、气候、文化的过渡带。

信阳毛尖闻名遐迩，因而其重要产地信阳被誉为山水茶都、中国毛尖之都。

信阳历史悠久，人杰地灵，是华夏文明发祥地之一，有着数千年的历史文化，楚文化与中原文化在此交融，因而形成了其独特的人文环境。信阳是孙叔敖、息夫人、春申君、司马光、郑成功等历史名人的故乡，春秋时孙武在此练兵并南下攻入楚都，南朝时梁武帝萧衍亦发迹于此。

信阳处在大别山革命根据地腹地，是全国最大、最早的革命根据地之一。战争年代，大别山革命老区走出不少将军。红军时期，

阳光下的芬芳——记全国优秀教师李芳

信阳茶山

开篇

由张国焘、徐向前坐镇指挥，赫赫有名的陈赓、徐海东、李先念在这片红色土地上出生入死，浴血奋战。那时信阳战云密布，烈火熊熊，革命浪潮波澜壮阔。信阳儿女在党的领导下，高举红旗，前仆后继，为人民军队的发展壮大，为共和国的诞生无私奉献，作出了巨大牺牲，铸就了"信念坚定、对党忠诚、服务全局、勇于担当"的大别山精神。全市有名有姓的烈士就达30余万人，从枪林弹雨冲杀出来的人民解放军将领达130人（其中上将5人，中将17人，少将108人），省部级领导干部155人。众所周知的战将许世友、洪学智、李德生、尤太忠、万海峰、郑维山、皮定均、张池明、高厚良、徐立清、张贤约、程世才、曾绍山、钱钧、张体学等都是信阳人。大别山因此被称为红军的故乡、将军的摇篮。这些叱咤风云的人物都有过精彩的人生片段，信阳也流传着许多有关他们的传奇故事。

在这块抓把泥土就能拧出鲜血的土地上，一代又一代共产党人冲锋在前，用忠诚和智慧铸就了老区发展的新辉煌。

时下，悠悠信阳城依旧雄浑壮美。

这里，战歌萦绕，河水荡漾。大别山脉的层峦叠嶂间，到底横亘了多少重的岁月，碧宇下又到底隐匿了多少个传奇的故事，江山如画，一时多少豪杰，已无法清晰细数。

走访大别山山南山北，笔者看到了大别山精神的种子遍撒在这片充满希望的原野之上，看到了千千万万大别山人正以英勇无畏的气魄斩断各种羁绊，踏上新世纪波澜壮阔的征程。

我们有理由相信，有着光荣革命传统的大别奇峰在今天中原经济区建设的浩浩大潮中必将高高雄起。如斯，我们才能无愧于大别山的无数英魂，才能无愧于这个激情飞扬的伟大时代。

如今，我们看到了大别山精神的延续：三次冲进火场救人不幸牺牲的空降兵战士李道洲；面对滔天巨浪，三进三出大海，把落水

者救上岸又悄然离去的第一届全国见义勇为道德模范魏青刚；700位鳏寡老人共同的"儿子"，家乡建设永不缺位的"主人"，第二、三届全国助人为乐道德模范提名奖获得者和第四届全国助人为乐道德模范黄久生；多次救人于危难之中的第四届全国见义勇为道德模范提名奖获得者李守禄；扎根老区、对党忠诚、甘做公仆、无私奉献的第五届全国敬业奉献道德模范许光；面对劫匪尖刀凛然不惧的第五届全国见义勇为道德模范提名奖获得者胡阳海、黄春刚；跳水救人不留姓名的董勇；善良助人的信阳籍女兵司晓俊；拾金不昧的罗山县村民李尧清、包付群；用生命铸就师魂的李芳老师……这一系列凡人善举铸就的精神在豫南信阳这片红色热土持续高扬，他们是普通的信阳儿女，他们用大义和善举在信阳筑起道德高地，他们是践行社会主义核心价值观的最美信阳人的群像。为什么信阳英雄儿女层出不穷？因为在大别山儿女的血脉之中根植有英雄的基因。

大别山上有一种普通却伟大的植物——映山红，那是大别山的英雄花。笔者仿佛看到，在漫山芬芳、山色空蒙的大别山上，美丽的映山红正悄然绽放，点缀着整个山体，层峦叠嶂间，沟沟壑壑中，这儿一丛，那儿一丛，团团簇簇，云蒸霞蔚，让整个世界都空灵含蓄又热情如火，将整片宁静的山林点染得激昂喧哗，一年又一年上演着映山红的故事。

今天要展示的这朵美丽的"映山红"，她的名字叫李芳。

位于河南省信阳市浉河区董家河镇的绿之风希望小学，因为李芳的壮举而名震神州。

李芳的事迹，让大别山震惊，让中原大地震惊，让社会各界震惊。她的名字犹如色彩绚烂的烟花，短时间内在人们心中、在互联网上绽放。

大美浉河牌楼

　　李芳老师那奋力的一推,诠释了园丁的大爱。她那娇美的身躯像一阵绿之风,在放学的路口轻轻地拂过,守护了四朵含苞待放的花蕾。

　　她用自己的芳华,写下了人民教师的生命诗篇,成为千千万万个教师的缩影。她的精神与青山同在,与天地同辉。

一　生死两秒钟

时间的指针拨回到 2018 年 6 月 11 日，这是一个寻常而又不寻常的日子。

17 时 30 分，清脆的放学铃声响了，董家河镇绿之风希望小学如往常一样，1000 多名学生集中于操场进行安全教育后，排着整齐的队伍分组回家。每支队伍队首、队尾均有老师护送。

酡红的夕阳如一枚微醺的艳果，点缀在大别山间，师生们被拉长了的身影映在校门口回家的路上。

出校门往东 50 米，是信随公路和环湖路的交叉路口，这两条路一条西高东低，一条北高南低，交会在这不平坦的十字路口，形成了特殊的地势。平时车辆和行人并不多，而且还有双向红绿灯确保交通井然有序。

表面上看这里风平浪静，与往常并无不同，但谁也没料到，接下来会在这里发生一起震惊全国的事件。

17 时 50 分，东西方向绿灯亮了，陈燕老师带领着学生自西向东通行，二年级（3）班语文老师李芳在队尾护送。

平常学生们放学通过路口时的情景

当大部分学生顺利通过，只剩下队尾的几名学生沿着斑马线正常前行时，突然，意外发生了。一辆装载800多斤西瓜的三轮摩托车从约45度的斜坡上由北向南疾速驶来……

"快躲开，刹车失灵了！"三轮车司机大喊道。

但车速实在太快了，失控的三轮车像一匹脱缰的野马冲过了红灯，冲向了斑马线上正常行走的队尾的学生……

三轮车从眼前20厘米处呼啸而来，刚刚在路口接到女儿的杨国应吓得钉在了原地。十字路口东南角小超市的老板叶青张大了嘴，一声"啊"没有发出声来……

三轮车直冲而下，撞上队尾的几名学生几乎已成定局，现场的人有的睁大了惊慌的眼睛，有的痛心地闭上了眼睛。

事故发生地点

在这千钧一发之际,李芳扔掉遮阳伞,一边大呼:"有车,快走开!"一边猛跨步,奋力将队尾的 4 名学生推向路边。

她柔弱的身躯瞬间化作坚强的盾牌,挡在这突如其来的千钧之力前,化解了几名学生被撞的危机。

事后,在事发现场目睹了全过程的五年级(1)班学生陈妍冰告诉我们:"三轮车冲下来的时候,我就在李老师身前 1 米的地方,李老师用力将同学推了出去。如果李老师没有救他们几个,她是完全来得及躲开的,但推开他们几个之后,已经来不及了。"

留给李芳老师的反应时间只有两秒钟。这两秒钟,足够她躲开死神,确保自身安全。然而,她本能地、毫不犹豫地做出了舍己救生的壮举。

只听"咚"的一声巨响，李芳被这千斤之重带着巨大惯性的三轮车撞到了 10 米开外，重重地摔在地上，倒在了这片养育她 49 年的土地上。

失控的三轮车继续向南行驶百余米，最终撞到路边 3 层台阶后侧翻。滚落满地的西瓜流淌着鲜红的瓜汁，一大片，一大片，顺着地势流向路边的山沟。

于是，空气凝滞了，时空静止了，整个世界死一般的静寂。短短的几秒钟恍若隔世。

李芳腕间戴了 20 年的和田碧玉镯在跌落的瞬间，一声脆响，摔成几截。

这一声巨响，打破了原有的死一般的沉寂，把这个世界唤醒了，把人心唤醒了。

"宁为玉碎，不为瓦全。"这个出自《北齐书·元景安传》的被传诵千年的成语，在新时代乡村教师李芳的身上得到了很好的诠释。两秒钟的时间，她完全可以选择自保，但她戴着玉，身为玉，不愿自保，只为壮烈地付出。

这突如其来的一幕，吓呆了所有在场的人。被救的 4 名学生仿佛从噩梦中醒来，惊恐地睁大眼睛，寻找着老师。他们看到李芳老师正仰面朝天躺在 10 米开外的水泥路面上。

一起护送学生回家的陈燕老师赶到李芳老师身边，抱着不省人事的李芳，用大拇指掐其人中，焦急地呼喊着："李芳，李芳，快醒醒，快睁开眼呀！"但无论她怎么喊，李芳都没能再睁开眼睛。

回过神来的学生家长杨国应边打 110，边冲向受伤孩子和李芳老师。指挥学生过马路的值班老师张勇、张静等跑来，查看李芳和学生们的伤势。

陈燕老师赶紧打电话给王斌校长："王校长，不好了，李芳在

十字路口被车撞了!"声音颤抖而又急促。

王校长脑子里"嗡"的一声,一片空白,他不敢相信这是真的,两腿不听使唤地向十字路口踉跄跑去。

很快,副校长李记和董家河镇中心校校长杜明良也先后赶到了事发现场。

情急之下,校领导迅速向浉河区教体局主要领导汇报了眼前发生的情况,教体局领导获悉后,派人火速赶往距离最近的解放军一五四医院,提前和院方协调救护事宜。

争取时间就是挽救生命,一秒钟也耽误不起。

在110、120赶到之前,他们拦住了一辆过路的面包车,载着李芳和4名学生朝救护中心安排的解放军一五四医院疾行。

山间道路迂回曲折,这一路需要40分钟的时间。

车窗外,树影斑驳,几只飞鸟被惊散,鸣叫着扑棱棱地飞向密林深处。

车内,王斌校长和陈燕、张静、何华修3名老师的衣服全部湿透了,满脸分不清是汗水还是泪水。

陈燕紧抱着李芳,张静掐着李芳的人中,不停地呼唤着:"李芳,醒醒呀,快睁开眼看看我们!"

何华修神情焦灼地喊着:"李芳,再坚持一下,我们马上就到医院了!"

车走了一路,他们喊了一路,嗓子嘶哑了,泪水和着汗水扑簌扑簌滴落于车厢内……

但李芳最终没有睁开双眼,只是从她的眼角流出两滴泪水。

王斌校长说:"当时李芳虽然没有睁开眼,没再说出一句话,我想,她的大脑还是有意识的,她一定知道大家都在为她担心,都在全力以赴抢救她,那两滴泪是感激的泪,更是对她的学生、对这个世界充满了不舍的泪啊！"

几片浓重的云彩掠过，遮住了绮丽的晚霞。当穿透云层的那一丝霞光映在30公里外李芳丈夫代业明的脸上时，他顿时感到天色暗了。

二　再见了，大别山

18 时 30 分左右，提前赶到解放军一五四医院的浉河区教体局局长殷世明等人，在急救室门口等到了面包车和救护车。4 名学生中，一人头上破了道口子，两人轻微擦伤，还有一名学生看起来毫发未损。

这么严重的事故，孩子们的伤情比想象的轻！殷世明悬着的心放下了一半，赶紧去看李芳。

这是他第一次近距离见到李芳：穿着碎花上衣和白色裤子，脚上是一双高跟鞋。她面容清秀，及耳的短发听话地伏在额上，样子干干净净的，身上几乎看不到任何伤痕。除了右眼窝一滴晶莹的泪，她面容平静，好像熟睡的女神。

医护人员迅速投入紧急抢救状态，挂吊瓶、拍 CT。但是，李芳血压不稳，一直处于昏迷状态。解放军一五四医院初步诊断李芳为脑部颅骨骨折、脑组织大面积出血。

由于李芳伤情严重，在医院的建议下，当天 20 时，120 救护车将李芳及 4 名学生迅速转到信阳市中心医院，将李芳即刻送进重症监护室。经专家检查后，李芳被诊断为脑干出血。人体的生命中枢受到严重撞击，成为致命伤。

事不宜迟，信阳市中心医院立刻把李芳的CT检查报告传给武汉协和医院和武汉同济医院的专家进行会诊。每一个参与救治的人，都在极力挽留这位乡村女教师的宝贵生命。

同时，信阳市中心医院对受伤的4名学生做了进一步诊断，除了学生湛晟坤头部缝了6针，需要留在医院静养，其余3名学生重的也只是受了轻微的皮外伤，只需做简单的处理。学校担心突发事件造成4名学生心理上的阴影，立即安排老师一对一协助看护。

李芳老师的家人、亲戚、同事、同学、学生、学生家长纷纷赶来，焦灼、悲伤、压抑包围着重症监护室。

经过一天两夜的全力抢救，李芳因伤势过重，重度颅脑损伤，自主呼吸渐渐衰竭，医院终究没能挽救她的生命。她于6月13日4时40分离开了这个世界。

李芳走了，走得让人猝不及防。

李芳，正如她的名字一般，她用近30年的辛勤播撒，留下了桃李芬芳……

"有车，快走开！"这是李芳留下的最后一句话。

医生宣布抢救无效的话音一落，天仿佛塌下来一样，无形地压在守望人群的心坎上。他们不肯相信这是真的，他们执拗地认为如此善良、如此纯真、如此有大爱的人一定会微笑着走出病房，朝着他们挥手……

有的人哭着喊着，撕心裂肺，痛不欲生；有的人几度昏厥，瘫倒在地……

那一刻，东方既白，晨星拼尽力气，发出最后一丝光芒。

她走了，正如她轻轻地来；满载一船星辉，在星辉斑斓里放歌；

大别山上的映山红

但她不能放歌，悄悄是别离的笙箫；大别山为她沉默，映山红为她歌唱。

她走了，茶山无语，苍柏肃穆，再也无法挽留她匆匆的脚步。

她走了，山泉哀鸣，杜鹃啼血，她的大爱，她的精神，永留人间。

她走了，山花低垂，雨露洒落，诉说着对她的依依不舍。

她走了，大地沉寂，苍天呜咽，轻轻地呼唤着：李芳，李芳……

在大别山，映山红是大自然的宠儿，阴冷潮湿都不怕，冰天雪地也不惧，酷热难耐更不屑。它是木本花卉之王，只要能把根扎入缝隙，只要能捕捉到一丝的晨露，就能同日月共光辉，与云雾共飞舞，就会牢牢地滋长蔓延，精魂就会灿烂绽放，映衬出动人的山梁，现一抹惊世奇观，唱一曲非凡之歌。

"夜半三更哟盼天明，寒冬腊月哟盼春风。若要盼得哟红军来，岭上开遍哟映山红……"这首革命歌曲曾经唱响大江南北。

李芳就像生命力顽强的映山红，一旦扎根就咬定青山，在贫瘠的岩石间坚守着，在荒蛮的山峦上绽放着，给大地带来无限生机，给人间增添无限荣光。

带着映山红独有的花语，那枚叫李芳的花朵，静静地，静静地，回到了她深深眷恋的红色土地。

岭上，开遍大别山的映山红，即将结束奔放热烈的花期，凋落在地，化作春泥。大别山的崇山峻岭间回荡着美妙的歌声：

清风牵衣袖

一步一回头

山山岭岭唤我回

一石啊一草把我留

啊，再看一眼大别山

万般情思呀胸中收 胸中收

缤纷的山花呀

不要摇落你惜别的泪

挺秀的翠竹

不要举酸你送别的手

啊，再见了大别山

再见了大别山

……

三　一石激起千层巨浪

2018年6月13日，中央电视台和中国教育报社记者赶到信阳，第二天新闻稿《生死关头，她舍身救学生！李芳老师，一路走好！》刊发在《中国教育报》头版头条。教育部部长陈宝生很感动，看后当即在报纸上批示，安排教育部教师司代表去信阳看望慰问李芳家属，以示关怀。中央电视台新闻频道当日23时27分播出了《李芳老师：为救学生　她用身体挡住车辆　4名被撞学生已无大碍》，次日再播出《含泪致敬　李芳老师为救学生献出生命》。

英雄壮举撼人心，时代精神耀长空。自6月13日开始，大量关于李芳事迹的资料、图片、视频及各界人士撰写的文章等在网上呈爆炸性增长，占据了全国舆论榜首。

各路记者云集信阳，深入实地采访，弘扬大美师德。全国各地、社会各界对英雄的壮举广为传颂，网络上颂扬李芳高尚品质的诗作井喷而出，全国亿万网友纷纷留言表示哀悼，精彩评论一时火遍全网，无一不让人动容。李芳事迹在全国激起千层巨浪。

信阳市委副书记刘国栋写下《抉择》，向新时代最美人民教师

报道李芳英雄事迹的媒体材料

李芳老师致敬：

在护送学生的路上，
在死神冲撞的路口，
这一次，
您不是用那支神奇的粉笔，
而是用自己仅有的身躯，
挡在死神与学生之间，
甚至都来不及说：
"亲爱的同学们，
老师的选择是对的！"

李芳老师，
您用抉择教给了学生
最后一道题！
您用生命完成了教师
最后一堂课！

信阳市作协副主席温青写下这样的诗句：
生还的学生，
会终生牢记李芳这个普通的名字，
一个生命绽放的芬芳，
将为一片土地孕育纯粹的灵魂，
这是师者的最终使命。

河南大学艺术学院副教授杨宏鹏：

　　爱护学生胜于爱自己，这是一种朴素的理念，更是一刹那不假思索的行动背后早已内化为本能的职业素养。没有口号，无须彩排，甚至都来不及思量，只有在平凡岗位上自我激励、自我赋能了无数次的那个"人民教师"的字眼，让她用生命阻挡车轮，把生的机会留给自己的学生们。在那一刻，学生，就是她田野中要浇灌的幼苗，就是她羽翼下要呵护的幼雏。

信阳师范学院新闻中心主任朱四倍：

　　对学生毫无保留的爱，对学生不计回报的爱，可能是唯一正确的答案。充满了爱的老师就像一部活的教科书，无形中散发着强大的精神力量。李芳用生命把老师对学生的爱，写成了一部感动学生、启迪你我、教育社会的教科书！

映象网评论员刘克军：

生如夏花之绚烂，逝如秋叶之静美。李芳老师用生命定义了新时代的"师者"，她用舍生取义的身教诠释了"德高为范"。"芳"华易逝，精神永存。李芳——这位学生心目中"烛光妈妈"般的最美教师，是新时代河南教师中的优秀代表，是教坛群芳中鲜艳夺目的一朵，亦是侠肝义胆中原人的精神代言。她的爱生如子，必将激励着越来越多的教师坚定信念、教书育人；她的舍生取义，必将感召着越来越多的后生尊师重道、践诺奉献。

澎湃新闻评论员胡欣红：

老师和学生没有任何血缘关系，却能在危难时刻用自己的生命保护学生。老师和学生没有直接利益关系，却时时刻刻关注着学生。将生的希望留给学生，是很多教师的本能。当然，这种"表现"机会宁可没有。老师对学生的关爱，更体现在日常的点点滴滴。学生退步，老师比学生还急；学生进步，老师比学生还高兴……一些家长或许不知道有多少老师在偷偷爱着你的孩子。

《中国教育报》评论员：

"落红不是无情物，化作春泥更护花。"人最宝贵的东西是生命。生命只有一次，对每个人都弥足珍贵，但面对生死抉择，李芳老师首先想到的是学生的安危。是什么力量促使一名弱小的女教师舍身保护学生？看似偶然，实则有着必然的逻辑，不假思索的行动早已内化为本能的职业素养。生死关头，舍己救人，李芳老师"用身体护住学生"，学生幸免于难，而她却不幸遇难，这样的选择让人肃然起敬。毫不夸张地说，李老师

用无私大爱谱写了一曲生命的赞歌，也塑造了新时代人民教师的光辉形象。

其他网友留言：

"学高为师，身正为范"，教师的本能让她作出了选择；"大音希声，大爱无痕"，高贵的人格让她作出了选择。没有爱就没有教育。怎么爱？危难关头，李芳老师的壮举就是答案。"芳"华虽逝，师魂浩然。

在那个原本平静的十字路口，面对死神的咆哮，你没有一丝的犹豫，挡上的是自己的血肉之躯，换来的是学生生的希望。就在生与死的一瞬间，你把求生的欲望抛在九霄云外，一声呼喊、一步阻挡、一把推开……短短一瞬间，你用行动诠释了师德的高尚、母爱的纯真，用生命铸就了不朽的师魂。

你慈乌反哺，用知识回报生你养你的土地；你践行誓言，用爱心呵护每一棵茁壮的幼苗；你善解人意，用智慧帮助同事化解家校的纠纷；你相夫教子，用宽广的胸怀换来了小家的温馨。

你走了，带走的是师生的依依眷恋，留下的是亲人的一生悲痛；你走了，带走的是为人之师的一种大爱，留下的是感动社会的一本教科书，在这本教科书里，永远闪烁着你的初心与使命、责任与担当！

李芳老师，天堂没有车祸，愿你一路走好！

"落红不是无情物，化作春泥更护花。"李芳用生命诠释了可歌可泣的美丽人生！

尖山风啸悲痛绝，五云落泪寄哀思；执教卅年桃满园，芳华逝去留美名……她是党的好女儿，人民的好教师，党员的楷模！

李老师，您把一生奉献给了教育事业，您是真正的英雄。天堂里没有车来车往，愿李老师在天堂好好安息，我们永远怀念您！

孱弱的身躯，伟大的壮举。你把师爱融入平凡生活的点点滴滴；你把善心定格在最危急的时刻。师者，仁心；逝者，至善。

柔肩担道义，鲜血铸师魂。生死一瞬间，大爱满乾坤。

不惧狂车危处死，才留童子险中生。丹心大爱堪师表，巾帼流芳万古名。

车祸瞬间挺在前，舍生忘死不畏难。平素甘当孺子牛，风雨袭来道义担。师者本心如日月，近卅春秋守杏坛。撒手人寰万人悲，祈愿天国芳魂安！

李老师走好！您是伟大的人民教师，时时记挂着祖国的花朵。您挥洒一身的才华，最后用生命照亮了千万家庭。您用自己珍贵的生命保护了学生的生命，您的生命以另一种方式永生！您是河南的骄傲，您是园丁的楷模，您是关爱有加的典范！您的精神将誉满华夏！向您致敬！

在最危急的时刻，她义无反顾地把生的希望留给学生，把死的危险留给自己，她用勇敢无畏的心锻铸出不朽的师魂。致敬我身边的英雄教师！

心怀仁者爱，一路赤诚走过春夏秋冬卅载；情润绿之风，三尺讲台育出桃李芳华满园。

爱生如子柔师情，舍生忘死无遗恨。大爱无言万民敬，一曲长歌留汗青。

胸怀桃李一片心，散尽芬芳将梦寻；临危无惧舍身命，大别山巅铸师魂！——致最美的李芳老师，一路走好！

浉河泱泱，青山苍苍，松柏玉翠遍茶乡。纤纤素女本柔弱，身为人师却刚强。人性光芒，大爱无疆，舍己救人一身挡。感天动地传佳话，时代师魂铸华章。身为人师，行为典范！祝福校友李芳老师一路走好！

危难时刻让出生机，为人父母也不过如此。让我怎样感谢您——当我走向您时，我原想收获一缕春风，您却给了我整个春天。

可能很多家长不知道有多少老师在偷偷爱着你的孩子，老师和学生没有任何血缘关系，却能在危难时刻用自己的生命保护学生的生命。她挺身而出的一瞬间化为天使，守护每一个她深爱的学生。大爱无言！李芳老师的爱足以惊天动地。

网上一封写给天堂妈妈李芳的信，一天的点击率就达到203万人次，在朋友圈流传开来，感动了信阳，也感动了中国。

李芳女儿代雨辰写给天堂妈妈的一封信

寄信人：女儿代雨辰

收信人：妈妈李芳

亲爱的妈妈：

您在天堂过得好吗？您离开女儿已经20天了，可我始终无法从这种锥心的伤痛中走出来，我都不相信您已经离开了我们。我有时会出现幻觉，妈妈您没走，微信"繁星点点"一直在我的手机里，我常常看着她，妈妈，我多么想您能再给我发一次视频，和我聊一次天……然而这再也不可能了。

所以，只能给您写封信，我相信，只有思念和爱才能跨越时空，无阻无碍地传达到您的心上。就让我把思念和爱作为礼物送给您，让我们母女隔着阴阳两重天，相互挂念！

现在我一个人坐在桌前，想微笑着对您说说话，但泪水却不受控制地漫过面颊，我一直认为流泪是件很丢人的事情，泪水应该掩藏在微笑里。

妈妈，您还好吗？您一次次来看我，带着无限的不舍与牵挂。妈妈，我知道，您是要我坚强，无论怎样的狂风骤雨，无论怎样的惊涛骇浪，您总是要我勇敢地面对，勇敢地承受，勇敢地成长。

妈妈，您走了以后，我真的长大了，我的责任更重了。以前家里有您，我什么都不用考虑，妈在，家在！可如今……您

李芳女儿代雨辰、丈夫代业明在报告会上 　　　李芳女儿代雨辰在接受采访时失声痛哭

　　走了,我突然意识到爸爸老了。妈妈,您走的这20天,我长大了,以后我要找到好工作,赚钱养家,我可以照顾好家人,照顾好爸爸。所以,我必须努力复习应考,好好工作,您所有放不下的,我都知道,您担心我爸,惦记我的工作,着急我的婚姻,期盼大外孙。妈,我都知道,您所担心的就都放下吧,家里有我呢!您只要照顾好自己,就是我最大的心愿!妈妈,您离我很远,又离我很近,您在天堂,也在我心里!

　　妈妈,您在天堂孤单吗?您以前总是对我说:"儿想娘,板凳长;娘想儿,路来长。"其实,事实不是这样的。您在的时候,女儿体会不到这些,可当您离开了,女儿才知道:儿对娘的思念,比世间任何一条路都长。

　　在您离去的那一天,我把那张日历撕下来紧紧握在手里,我要好好记住这一天。您的离去使我感到整个世界的疏离,您带走了我在这个世上所需要的安全感。近三个周末都没见到您,却无法不想您。而我依然觉得您未曾离去,就像每个周一上班前的告别,就像每个周末又能回到这个温暖的家。直到现在,我还是习惯性地等您回来,虽然我知道再也等不到了。我无时无刻不在想着您,您最后一次和我视频的样子永远印在我的脑海里，总感觉您还在家里。妈妈，您怎么就这么忍心抛下我们……

亲爱的妈妈，女儿向您询问一件事：您看见爷爷、奶奶了吗？我猜，他们一定是上您那儿去了。姑姑说："你爷爷、奶奶在那边有你妈照顾，我们也放心了。"亲爱的妈妈，大家都还记得您的善良和孝顺，您也应该感到高兴啊。

妈妈，您在天堂还好吗？您爱花，今年母亲节，我送您一束鲜花，但没想到这件小事却成了您朋友圈的最后一条分享，您亲昵地称呼这束普通的鲜花为"小棉袄的礼物"，还在图片上面写着："有妈妈的地方处处是阳光，有妈妈的地方处处是温暖。"

妈妈，在您49岁生日时，女儿在自己的朋友圈里晒了一张我特意为您制作的生日卡片"最美的妈妈"。您走后，女儿在卡片上写道："别孤单，别害怕，您在我的心里，我永远陪着您，妈妈！"

妈妈，我现在真的很想您……您的养育之恩我拿什么来报答？我怎么来告诉您我对您的想念？我知道您脸上挂着舍不得的表情，我能用什么来挽留您呢？

妈妈，我有太多太多的话想对您说，可您能收到我的信吗？我有太多太多的报答，我都没来得及做，您却走了！"树欲静而风不止，子欲养而亲不待。"千百年来，世间有多少人有这样的终生遗憾啊！妈妈，下辈子让我来报答您的养育之恩，把我今生没对您说完的话，来生在您面前尽情地说个够，不离亦不弃！

我最亲爱的妈妈，不知道您在天堂是不是也像我们思念您一样思念着我们。"妈妈——"您听到我深深切切的呼唤了吗？

李芳和女儿代雨辰亲密地在一起

幸福的一家三口

三 一石激起千层巨浪

母女连心，如果您有感应，就让我知道您在天堂是快乐的、幸福的！

亲爱的妈妈，女儿祈愿：您在天堂过得开开心心、快快乐乐。女儿相信，时空阻隔不了女儿和母亲心灵的交流，生与死也割不断我们的母女情。

亲爱的妈妈，您自己多多保重！您在那边需要什么，就给我托个梦，好吗？记得常来我梦里，我在梦里等您！

妈妈，照顾好自己，您永远在女儿心中！

想您的雨辰
2018年7月3日晚

（作者：黄文卫、代雨辰，有改动）

四　让我再看您一眼

青山不语，长天失色，草木含泪，大地悲鸣。

2018年6月16日清晨，朝霞洒满天际，映在河面上闪闪发光，草尖上的露水如泪珠一样晶莹剔透，大片大片的白云如轻软的棉絮般无力地铺展着。

李芳老师的追悼会在她生前任教的绿之风希望小学附近举行。灵堂前花圈似海，挽联如潮，哀乐低回，草木含悲。灵堂的挽联上写着："桃李莫忘绿之风，芬芳入泥化英灵。"

前来参加追悼会的人络绎不绝，很多乡亲手捧着鲜花从四面八方赶来，道路上排起了长达好几百米的队伍。

前往追悼会现场的路上，悼念李芳老师的横幅一直绵延到灵堂附近。

4000多人的送行队伍把灵堂前1公里多的道路挤得水泄不通。送行的人群中有李芳生前的亲友、同事、学生，还有信阳师范学校86级（2）班全体同学；有闻讯赶来的父老乡亲、干部群众，还有许多素昧平生的人，他们听闻了李芳老师的事迹，千里迢迢从

清晨5点多的信阳

家长和孩子从学校出发前往追悼会现场

李芳老师灵堂前人头攒动

北京、河北、内蒙古、安徽、广东等地赶来。

新浪网等网站开通了网络祭奠送花和蜡烛网页,为想祭奠李芳老师却不能赶到现场的人们提供了寄托哀思的平台。网络祭奠李芳老师的文章超过8万篇,仅追悼会当天网络祭奠送花和蜡烛就达300多万人次,多篇报道阅读量超过千万人次。

李芳事迹沸腾了一座城,感动了一个国。

送行的人群中有白发苍苍的老人,也有天真可爱的孩子,他们从四面八方赶来,自发聚集在这里,一起来送李芳老师最后一程。他们有的手捧鲜花,有的则在路旁拉起"感谢你的勇敢,李芳老师一路走好"等字样的横幅挽联……大家表情悲恸,眼含泪水。

举着横幅的男孩不停擦着眼泪，追悼会现场小姑娘啜泣起来……

花圈、挽联如潮，哀乐声声。远处的山，近处的树都默然无语，孤独而忧郁着。

追悼会仪式开始前，众人给李芳老师献花，在灵前向李芳老师鞠躬……

灵堂设在董家河镇财政所北侧空地，追悼会由信阳市浉河区区长于海忠主持。参加追悼会的领导及其他代表有：河南省委高校工委专职副书记、河南省教育厅党组副书记郑邦山，河南省电力公司副总政工师罗干平，信阳市委副书记、市长尚朝阳，信阳市委副书记刘国栋，信阳市委常委、市委宣传部部长曹新博，信阳市委常委、市委秘书长谢天学，信阳市人大常委会副主任李群茂，信阳市副市长张明春，信阳市政协副主席霍勇，信阳市政协副主席、信阳职业技术学院（编者按：2004年5月，原信阳师范学校、信阳教育学院、信阳卫生学校、信阳商业学校合并组建信阳职业技术学院）党委副书记吴正先，信阳职业技术学院党委副书记、院长余运德，信阳职业技术学院党委委员、副院长郭克明，信阳市教育局（后改名信阳市教育体育局）党组书记、局长苏锡凌，信阳市直有关单位负责同志，信阳市浉河区翟晓宾、乔林智、董立武、张勇、杜娟、栗峰等区直有关单位主要负责同志及相关人员，李芳同志的母校信阳职业技术学院的校友代表，浉河区教体系统教职员工代表，董家河镇绿之风希望小学学生代表，董家河镇群众代表，李芳同志的亲属及生前友好，新闻界的朋友们。

花圈和挽联一眼望不到尽头，其中有教育部、河南省教育厅、共青团河南省委、信阳市委等单位敬献的，大家都对这位乡村教师表示深切的悼念。

河南省教育厅、共青团河南省委为李芳老师敬献花圈

母校代表手持横幅送别李芳老师

阳光下的芬芳——记全国优秀教师李芳

034

李芳老师灵堂前摆满了鲜花

河南省委高校工委专职副书记、河南省教育厅党组副书记郑邦山，信阳市委、市政府等各级领导为李芳老师送行

上午9时，追悼会开始，全体肃静默哀三分钟，浉河区委书记翟晓宾致悼词，李芳老师生前同事、学生以及李芳老师的女儿代雨辰分别发言。全体人员向李芳老师遗像三鞠躬后，参加追悼会的领导和师生代表进入灵堂向遗体告别。

"纸鹤寄哀思，师恩终难忘""道德楷模流芳千古，精神不死风范永存"……灵堂外是一条条横幅和一双双哭红的眼睛。

灵堂内，丈夫代业明已经哭干了眼泪，红肿着眼睛，点上一炷香，一米八多的大个子木木地站着，失魂落魄。

女儿代雨辰腿脚不听使唤似的缓缓走到母亲遗像前，为母亲点上起灵前的最后一炷香。

哀乐响起，4000余人一起向李芳老师遗体深深鞠躬

灵柩中的李芳已无法言语，但黄花点缀的相框中，那亲和的面容依然美丽。

代雨辰在灵堂里泪如雨下，喃喃自语："妈妈，您一向说话最算数，怎么忍心离我们而去，留下我和爸爸承受这种痛苦？您说要陪我去广水参加面试，您还说想看我穿婚纱的样子……这些，还算数吗？"

"妈妈，您的微信'繁星点点'一直在我手机里，我常常看着它，我多么想您能再跟我聊聊天啊！"

"妈妈，您是我心中最美丽、最乐观的那个人，是您教给了我勇敢包容，是您教会了我积极面对人生。以前您是我的骄傲，将来我也要成为您的骄傲。"

特地从南京赶来的学生吴永胜，注视着李芳的遗像，一声"李老师"喊出口，顿时热泪盈眶。前一天连夜从广东惠州赶来的张玉，看着灵柩中李芳的遗体，"我……"没等话说出来已是热泪两行。

"那天，你救学生，我看到了。我不认识你，但我知道，你一定是个好老师！所以，今天我来看看你……"一位老人因挤不到灵柩跟前，手抹眼泪不住地张望。

年已八旬的唐道英腿脚不方便，一大早就让儿媳和家中保姆把自己推过来，非要看李芳最后一眼，送别这位好邻居。

与李老师相识20多年的同事赵艳说："工作中，您严谨认真，是我们学习的榜样；生活中，您热情开朗，是可亲可敬的知心姐姐。每当我工作中遇到困难，生活中有了委屈，您总能用您的微笑帮我化解一切。如今，您走了，走得那么匆忙，但我相信您不会孤独，因为我们和您心连着心，您未竟的事业，我们将继续完成！"

李芳初中同学张继忠说："李芳，你还记得吗？上初中那会儿咱俩前后桌，你坐我前面，成绩也总排在我前面。还记得那时，你在各种竞赛中经常获奖，一直是我们学习的榜样。我是军人出身，经过多少次生死都没流过泪，但最近每次看到关于你的报道，我都会情不自禁地流下眼泪。救人于千钧一发，碰到这事儿，我也会毫不犹豫地去做，但你一个柔弱的女子，能这样做，太伟大了！你总说，抽空咱们要好好聚聚，今天，我们老同学都回来了，你却爽约了……"

"我知道，不管什么时候，在什么地方，只要孩子们有危险，她一定会挺身而出。因为那是她视若珍宝的孩子啊！可是，她却让自己的孩子从此没有了妈妈……"言及于此，初中同学金平泣不成声。在同学群里，金平写道："她那么好、那么善良，她去往天堂的路上，一定铺满鲜花。我亲爱的朋友，她会踏着鲜花，走进天堂……"

二年级(3)班与李芳老师搭班的班主任罗银森忍着悲痛诉说着，为了帮他带好这个班，李老师费了不少心思，孩子们都喜欢她。抢救李芳那两天，孩子们总问：李老师醒过来了吗？她啥时候才能回来教我们呀？当得知李老师再也回不来时，孩子们哇哇哭成一片。10岁的程镜宇哭着喊：李老师总教我们遇到危险要想办法逃生，可她自己为啥就不知道躲呀？我们要一个一模一样的李老师。

信阳师范学校86级（2）班的团委书记、李芳生前的好友姜素梅说："李芳平时是一个非常胆小的人。我们一起读书的时候，去医院打个针她都会害怕，出去玩儿看到虫子她都会大叫。在推开学生那一刻，她一定是把学生当成自己的孩子来看待，要不然她不会那么勇敢。教师这个职业本身是非常普通的，但是，那一瞬间，李芳在那一秒钟所作出的决定和行为是伟大的。"

"你胆子小、怕黑，昨晚我们几个老同学在这儿，陪你最后一宿。"李芳的几个同学彼此搀扶着，双眼熬得通红。

绿之风希望小学二年级（3）班的学生都来了，一声"李老师"就都跪在灵前，久久不愿起身，几十张祝福卡一一摆好，他们一遍遍地说：李老师，您快回来呀……

班上学生都清楚地记得，那天下午，爱美的李老师打着一把里黑外花的遮阳伞，上身穿着一个小花褂，下身是她最爱的白裤子，还有她一直钟爱的高跟鞋。在失控三轮车沿着长长坡道飞速冲过来的那一刻，爱美的李老师几乎用了她平生最快的速度，一边大声让学生们快走开，一边推开最近的4个学生，用自己美丽的身躯去阻挡冲向学生的三轮车……这突如其来的短暂一瞬，已然是爱美的李老师最美的一刻！

学生胡诗怡说："李老师，我们听说您住院了，情况危急，我们很担心，写了很多祝福卡，祝您早日康复，希望您能早日回来再教我们。可是祝福卡还没来得及送给您，就听说您走了。当时我们都哭了，眼睛都哭肿了。李老师，我们好想您，您知道吗？如果有来生，我希望还能做您的学生！"

还有的学生哭着说："李老师，当您倒下的那一刻，我多么希望您的身体是铜墙铁壁，可以抵御一切伤害；我多么希望您能立刻站起来，拍拍身上的土，摸摸我的头说：'走，放学了，我们回家。'可是，您却像一阵风，在那个十字路口，轻轻地飘走了。李老师，我想您！"

"妈妈！"在同学们的哭喊声中这两个字从何宏嗓子里清晰、响亮地爆发出来。这一嗓子，让在场人的眼泪一下子流成了湍急的河。母爱如同春风化雨，早润泽了何宏的心田，他终于从长久的沉默中呼喊出来。

被救的学生的家长也都赶来悼念李芳老师，他们对李芳老师非常感激，对李芳老师的离去也非常痛心："我们还欠李芳老师一句谢谢，可是她再也听不到了。这份恩情，我们的孩子永生难忘，我们也永生难忘，是李芳老师用自己的生命换回了我们孩子的生命，她是学生的恩师，更是一位天使。"

被救学生郝晨月的妈妈流着泪不断重复着几句话："李老师是个好人啊，在学生面前，她就像一位母亲，为了救我们这几个小孩儿，牺牲了自己宝贵的生命。如果没有她，我的女儿就不可能完好无损地站在我面前，要不是她，4个家庭就毁了。"

一年级（1）班的湛晟坤是4名孩子中受伤相对较重的一个，他的母亲姚忠玲情绪激动，尽管她从未和李老师见过面，但被李老师的大爱善举感动了，她心里非常感激，同时也很难过。她说，希望自己的孩子未来不管长多大、走到哪儿，都不能忘记李老师，要永远记得自己是李老师的学生。

"工作近30年，她在教师这个平凡的岗位上，时刻不忘一名共产党员的初心，牢记使命，立德树人，她是教师党员中的优秀代表。"信阳市浉河区教育局党组书记、局长殷世明如此评价李芳的教师生涯。

"您将人生中最美好的年华全部奉献给了党的教育事业，您用舍己救人的英雄壮举践行了共产党员的铮铮誓言，您用勇敢无畏的献身精神锻铸了人民教师的不朽师魂。您虽然离开了我们，但您的音容笑貌将永远印刻在我们的脑海中；您爱生如子、舍己救人、大爱无疆的精神将永远铭刻在我们的心中；您立足岗位、敢于担当、奋发有为的情怀将永远激励着我们。您的奉献精神，您的敬业风范，必将成为我们学习的典范，成为我们精神的动力！"信阳市浉河区区委书记翟晓宾说。

与此同时，千里之外的深圳，李芳教过的一名学生看到老师遇难的报道，肝胆欲碎，痛苦不迭，立即赶到车站购票，想赶回信阳见老师最后一面。

"让我上车吧！我补票，多少钱都行！"

"你们看，我没说假话，这个，报纸上这个，就是我的老师。"

最终因乘客满员，他没乘上火车，只好把报纸揣在怀里，蹲在地上抱头痛哭……

一个母亲哭着诉说，她儿子曾是李芳老师的学生，他在外地没法回来，她是代替儿子来送老师的。

一位与李芳素不相识的老教师手捧鲜花，专门从甘肃赶来，他激动地说："李芳让我们对教师这份职业备感光荣。"

信阳市离休干部李定洲，自制了一个剪报本，他把媒体的报道收集起来，配上李芳的照片，整整齐齐贴了六七十页。

一封落款"老党员齐若瑶"的信，从山东昌乐县寄到了绿之风希望小学。满满三页信纸中，有这样一段滚烫的话："你救学生的事，我在报纸上看到了。我不认识你，但是我知道，你是一位优秀的共产党员。生死一瞬间，保护自己是人的本能，但你的本能却是守护学生。这种本能，是为师为母的爱心凝结成的，是共产党员的格局情怀支撑着的。"

她教过的学生胡正东说："如果生命可以重来，李芳老师还会作出同样的选择，因为她就是这样的一个人，（她有）完全出于一种保护孩子的母性本能和义无反顾牺牲自我的高尚情操。"

可是，亲友们、孩子们的呼喊再也唤不回他们心爱的李老师了。

她走了，母爱、师德、党性在那一刻迸发出夺目的光芒。

她走了，无数人点亮蜡烛，为英雄壮行！

"凝视李芳的遗像，泪水止不住地流淌，伟大崇高的精神，千万人在传扬。啊，李芳，亲爱的老师，在生死关头，你用身躯把死神阻挡，你给学生生的希望，希望。啊，你是新时代光辉的榜样……"老作曲家张道敏专门创作歌曲《为人师表 大爱无疆》纪念李芳老师。伴着信阳浉河教师合唱团老师、信阳职业技术学院学

老作曲家张道敏专门创作歌曲《为人师表 大爱无疆》纪念李芳老师

为李芳老师合唱《为人师表 大爱无疆》

生的合唱，李芳老师的遗体被缓缓送上灵车。

"让我再看您一眼，我要把您记在心间！"

"李芳老师，今天请让我们再看您一眼吧！"

灵车两旁4000多人的泪光中，闪烁着对李芳老师去世的心痛和依依不舍。

慈师大爱感动天地。绿之风希望小学师生站在道路两侧，灵车经过时，师生们手捧鲜花，失声痛哭，深情喊着："李老师，您别走！""李老师，我们永远爱您！"……道路两边，有的人朝向灵车行驶的方向凝望、敬礼，有的人拿出手机记录下这庄重一刻以作留念……30多分钟的车程，载有李老师遗体的灵车每到一处，送行的人都是泪水涟涟。

追悼会当天，网民互动呈井喷式增长，仅在新浪网发起的网上祭奠活动中，参与网友人数就突破了300万。网友们主要表达了对李芳老师的致敬和赞颂，如"人间大爱，莫过于此，向李芳老师致敬""您用柔弱展示刚强，拿生命把学生遮挡，您没留下一句壮语，却生动诠释了师者的担当"；还有部分网民表达了对教师职业的致敬和赞颂，以及对教师职业的重新审视，如"你从来不知道有多少老师在偷偷爱着你的孩子，所以请善待老师吧，只因为他们和你一样爱孩子""李芳老师用生命扭转了社会上长期以来对教师形象的误解和不恭。或许，我们都欠老师一句'对不起'，还有一句'谢谢您'"……

在追悼会现场的记者项臻说："虽然今天信阳最高气温达到33℃，但在从信阳市区过来的途中，一路上看到有很多人前来悼念。"

在许多关于李芳老师报道的图片中，有一张图片特别打动人，那是李芳老师信阳师范学校同班同学送别的场面——一群教师表

信阳师范学校 86 级（2）班全体师生为李芳老师送行

情凝重，有几位女教师正低头拭泪。他们手持黑色横幅，横幅上写着"沉痛悼念英雄李芳同学一路走好——信师八六级二班全体师生"。

看着这些人到中年的老师，让人想象到 30 多年前，风华正茂的他们和李芳在师范校园朝夕相处，怀揣理想，憧憬着未来的教育人生；如今他们中的李芳走了，而他们还在讲台屹立着。李芳牺牲前，就是他们中普通的一员，而如果灾难再次降临，他们完全有可能成为下一个"李芳"！

"他们"，已经不仅仅是李芳的同学，而是代指千千万万善良、正直、初心不变的中国普通教师，他们都是活着的"李芳"。

教师代表在发言中说："您用自己的行动，为我们上了最为震

撼的一课，您用自己的大爱，谱写了生命的赞歌！良操美德千秋在，高风亮节万古存，清风明月怀旧貌，青天碧海寄哀思。流星只是一瞬，却能给夜空光亮，美丽的您，短暂的人生，却把爱延伸。您走了，走得匆匆，相信孤独的路上我们心连心，您未竟的，我们将会用似您一样的大爱砥砺前行！愿天堂里李芳老师爱的花朵争相绽放！李老师，一路走好！"

  学生代表胡诗怡发言时痛哭流涕："李老师，我们还记得您刚接手我们班时，您办公室还在那边教学楼二楼。有次下雨了，语文课代表去老师办公室抱作业时把头发都淋湿了。您知道这件事后，特意换了办公室，搬到了我们教室楼下。从那以后，我们抱作业再也不用淋雨了。老师，谢谢您为我们考虑。李老师，我们还记得您上课的情景。每次学生字，您都会把易错字写在黑板上，让我们跟着您一起书空，有的同学字写得不好，您还会手把手教他写。您时常提醒我们容易写错的部分，为了考验我们，您有时还故意把字写错，每当我们发现那些错字时，您是那么开心。您的笑，我们记得！偶尔您也会不小心写错字，我们告诉您后，您会第一时间更正，并提醒我们写作业一定要细心。您的谆谆教导，我们记得！教学中您很关心我们，生活中您也很关心我们。李老师，我们还记得您曾送给何宏一件衣服。他总是穿着同样的上衣，而且衣服很不合身，您发现后悄悄把他叫去办公室，送他一件外套。我们也是听他说才知道，您默默做了好事却不留名。他成绩不好，写字总是连笔，您却丝毫没有小瞧他，反而悄悄地关注他、帮助他。您的关爱，他记得！李老师，我还记得去年参加演讲比赛，您说我演讲得很有感情，但是内容不够熟练，您一遍又一遍地教我。那时天很热，您买了西瓜和冰淇淋，特意叫我去办公室给我吃。还有很多很多事，我不知道该怎么说，但您对我的好，我记得！李老师，我很想您，我们都很

灵车即将开走，人们不忍李芳老师离去

灵车即将开往金山陵园

想您。可我知道，车祸发生的那一瞬间，您为了救护几名学生，牺牲了自己……我知道，您再也回不来了，我们再也见不到您了……李老师，我们都很想您，如果有可能，希望我还能做您的学生。"

遗体告别仪式后，李芳老师的遗体被送往信阳市金山陵园进行火化和安葬。

灵车到达金山陵园，金山陵园工作人员及李芳老师亲属护送遗体至告别厅停放。全体人员伴着低沉的《思念曲》，面色凝重地向李芳老师默哀。黄菊朵朵寄哀思，泪光闪闪送英灵。前来的亲友、乡亲、老师、同学以及社会各界人士，一一与李芳老师告别。许多人注视着李芳老师的遗体，迟迟不肯离去。

对于这位即将长眠于金山陵园的大别山的女儿，大家想再多看她一眼……

五　故里寻芳踪

是什么样的勇气，让一个人面对生死之危，毅然挺身而出？
是怎样深沉的爱，让一个人呕心沥血，甘愿化作护花的春泥？
带着这些疑问，我来到李芳的故乡董家河找寻答案。

2018年11月22日，当笔者驱车前往董家河镇政府大院时，办公楼正大门前的五星红旗在飒爽的秋风中飘扬，几株上了年数的柏树挺拔而威武地立着，好像是站岗放哨的卫兵。一条醒目的条幅赫然展现于眼前："向英雄李芳同志学习　让党性在奉献中闪光"。

我来到绿之风希望小学时，两排鲜红醒目的大字映入眼帘："高高兴兴来上学　平平安安回到家"。此时此刻，"平安"两个字在我的心中格外凝重。

清脆悦耳的午间放学铃声打断了我的思绪，只见师生们在操场上集合完毕，排着整齐的队伍走向大门。几位老师身着警示马夹，手持警戒线率先走到大门左侧的马路两边，挡住了东西过往车辆，一支学生队伍在老师的护送下沿坡西上。

董家河镇政府办公楼

绿之风希望小学大门口

大部分学生朝东而行。我挎着相机，紧随队伍东进，离校门50米处的十字路口，便是李芳出事地点。只见两名老师同样各拉着警戒线一端，在交叉口北侧拦住了由北向南的所有车辆。我注意到，哪怕南北向是绿灯，警戒线也一直没有放松，直到所有学生顺利通过。

现场护送的副校长吕永军向我指了指具体的李芳出事地点，然后背过身去，擦拭眼角的泪水……

我不忍再打扰，问了路边的群众，得知李芳老师故里就在东南方向2公里的谢畈村，于是我前往一探究竟，看看她小时候生活过的地方。

沿着小河蜿蜒向南，再向东，经过一大片湿地公园的施工地，几户人家出现在眼前。

村头，我见着一位中年男子，就向他询问李芳家，他热情地将我领到了一户人家的院落。原来这是李芳大哥李广富家。大哥不在家，大嫂正与一位抱孩子的邻居攀谈，看到有人来，连忙搬凳子。

大嫂说我是第一个为李芳之事来家里的作家，说到要拍照，她特别正式地摆好端正姿势，一看便是纯朴的妇女。

大嫂名叫鞠恩芝，嫁过来时，李芳还很小，特别懂事，见人就笑，人缘极好。没想到走得这么早……说到李芳的牺牲，大嫂哽咽了。

当我问及李芳从小在哪儿住时，她把我带到屋后，指着一片竹林说："以前的老屋在这里，土房子，已经塌了。"

透过茂密的竹林，我依稀看见一堵土墙，掩藏在一片荒芜之中，虽已坍塌但气势犹存。土墙上斑驳的累累伤痕更隐含着一种悲壮，让人强烈地感受到一股发自红土深处的顽强的生命力，随着岁月的淘洗和雨打风吹，透着无尽的沧桑和雄浑。

因杂草丛生，无法靠近，我只好绕了个大圈，从另一侧过去。

李芳幼年住过的老屋，已经坍塌

在几只狗的狂叫声中，我到了老屋近前。墙体完全是用土砌成的，千疮百孔，几处墙体开裂，老屋少说也有半个世纪了。

我拍了几张照片正要走，隔壁老屋里忽然传来一阵老人的咳嗽声。

我站在高处向里张望，只见一个胡子花白的老人叼着烟卷，淘洗着白菜。我好奇地推开虚掩的门，迈过门槛走了进去。

老人仔细打量着突然闯入的我，表情诧异而又惊愕。

我连忙说明来意，并给他递去一支烟。老人接过来，点上，这才放松了警惕。他叫刘长贵，是个五保户，是李芳的远房表叔。

提及李芳，老人浑浊的眼睛泛起了泪花。

他缓缓说道："李芳家和我家是一个院子，小时候我们都穷得叮当响。可这孩子家里只要有好吃的，就毫不吝啬地拿给我。端过饺子，拿过肉，以及数不清的日用品，还帮我掏过耳朵，叫过医生。她家的房子和我这老屋一模一样，可惜十年前塌了……"

我给老人取出一张纸，他擦了擦眼泪接着说："我是个五保户，

无儿无女，孤身一人，李芳像亲闺女一样照顾我。她不但长得漂亮，心眼儿更好，人也乖巧、懂事，无论走到哪里，都把笑声和欢乐带到哪里。没想到，这孩子这么早就没了……"

老人泣不成声，哭得一把鼻涕一把泪。我也鼻子酸酸的，眼圈红了，赶忙扭过头去。

李芳家老屋前那片挺拔茂密的竹林，在秋风中"唰唰"作响，仿佛在为李芳哀悼，又仿佛在诉说着往日的故事。

李芳小时候的邻居

从刘长贵老人家里出来，我碰见刚才那位抱小孩与李芳大嫂攀谈的妇女，非邀请我到她家喝口水，品尝下自家正宗的信阳毛尖。盛情难却，我只好应允。

她一边泡茶一边说："我们这个村一直都很穷，虽说近年有些改观，但还是要到外面打工才能过好日子。你来时看到了吧，仍是土路，而且很窄，车都开不到家门口。要是雨天，只能车放在镇上，深一脚浅一脚地走路回来。"

我不经意地跺了一下脚，鞋子上的一层灰尘掉落，在阳光下飘舞。

"也不知李芳这个丫头是怎么想的。从小好好读书就是要从这穷山沟里走出去，到城里过舒坦的日子。何况她丈夫和孩子都在城里住，自己偏偏一个人扎在这山沟里继续过苦日子。要是这样，上学还有啥出息哩？如今，为救学生，连命也搭上了……"

"说啥哩，李芳可是我的老师啊！"说话间，进来一位20岁左右的小伙子。

"我能有今天在城里工作的机会，那都是李芳老师的恩泽。我那时成绩不算好，李老师给我补了好多次课，教我学习的方法和做人的道理。……李老师给我补课不但分文不收，还请我吃饭，说我正是长身体的时候，营养要跟上。"说着，小伙子眼圈红了。

原来，这位周姓小伙在谢畈小学就读时，李芳老师教过他。滴水之恩，当涌泉相报。可惜，她过早地走了，如此意外和匆匆。小伙顿时陷入了哀思和愧疚之中。

我抬腕看表，已是午后2点，来不及吃饭，急忙赶往谢畈小学——李芳老师曾经工作了18年的地方。

我徒步走上一个长长的约45度的斜坡，左手边就是谢畈小学旧址。学校的招牌已不知去向，现在挂着"浉河区雨霁过渡性安置基地""董家河镇环境治理项目建设指挥部"两块牌子。

镂空的铁大门紧闭，却可以清晰地看到两排出檐瓦房在秋日阳光的映照下，散发出清冷的气息，整个校园看起来也不过300平方米，院里除了些许落叶、枯草，倒也清爽整洁，几棵松柏巍然挺立，高过大门，高过房屋，与旁边已经落叶的杨树媲美。

面对此情此景，令人难以想象的是，一个毕业于信阳师范学校

谢畈小学旧址

的高才生怎么可能会在这荒凉、偏僻、狭小的校园待上 18 年？恍惚间，我仿佛看到李芳老师夹着课本，正笑盈盈地从教室里走出来，用沾满粉笔屑的手朝我挥舞着……

　　心情沉痛间，我不知什么时候才步履蹒跚地走下斜坡，仿佛时光穿越，虚幻而又真实。

　　"你是干啥来的？"

　　一句话把我唤回现实，定睛一看，一位腰间围着围裙的胖大姐朝我发问。

　　"我是来看李芳老师的……"我不假思索地应道。

　　我的回答让她若有所思，她表情有些凝固，怔了好大一会儿说："你过来,我是她表嫂,我叫柴广霞,那些年她天天从我这门口经过。"

她指了指一间没有挂牌的小卖部,靠墙的货架上稀稀拉拉摆着几样屈指可数的日用品。我心里不由得犯嘀咕:开了这么多年依然这么小啊?

此时,一位大约50岁的男子进来买东西。他要了一箱最便宜的牛栏山二锅头,又要了两条帝豪烟,看样子是家里操办什么事。

算过账后,发现钱没带够,但他也没有丝毫的尴尬,而是直截了当地说:"先记账吧,别忘了啊!"

说完,他把烟和酒放在一辆破旧的摩托车后座上。

"小心掉了!"我不由得提醒了一句。

"呵呵,不会,我捆结实再走。"

"他和李芳是一个组的,你可以问他李芳小时候的事。"胖大姐冲我说道。

"我……我不善言谈。只觉得李芳从小就懂事、心善,对谁都和气,就是死得可惜……"说着,他骑着摩托车一溜烟跑了,留下刺鼻的汽油味和飞舞的尘土。

胖大姐接着说:"李芳上师范的几年里,每次回来都是步行。有几次经过我这儿,看到她的脚磨得血肉模糊,血水和袜子冻在一起,脱都脱不下来,心疼得我偷偷抹眼泪,而她性格坚强乐观,用火烤烤,微笑着继续前行。后来我才知道,她把每次省下来的车费要么孝敬孤寡老人,要么给贫穷家里的孩子买铅笔、作业本……"

一切都仿佛发生在昨天。胖大姐又讲了一个故事,每逢下雨天,道路湿滑,45度斜坡是通往谢畈小学的必经之路。泥泞的路面,

谢畈小学侧面的大斜坡

别说是小孩，就是成人也经常滑倒。于是，每逢雨雪天气，上学、放学的时候，老师们都要把孩子一个个抱上去，抱下来……

李芳老师人缘好，孩子们都争着抢着让她抱。虽是冰天雪地，李芳老师都累得汗流浃背，但看着孩子们那一张张天真烂漫可爱的笑脸，她甜在心里，从没说过一声累。

学校门前有条小河，每逢下雨天，河水就变得又大又急。雨天放学时，李芳总是早早地来到河边，亲自看着、扶着、喊着甚至背着孩子们过河，直到所有学生都安全过了河，目送孩子们走远，她才放心地返回学校。

由一滴水可以看到太阳的光辉，由一朵花可以嗅得满园春色，李芳无疑是万花丛中最香艳的那朵。她不忘初心，以超凡的节操坚守着这份太阳底下最光辉的事业。与人为善，上善若水。

从小卖部出来，走了1000多米，就到了李芳的三哥李广旭家。三嫂雷萍正在马路边与几个邻居聊天，看到我来，热情地推门进屋让座。

这是一座沿街上下两层的门面房，虽然墙体外侧贴着白色瓷砖，显得高档，但屋内很简陋。一个约40平方米的客厅，除了一张小饭桌、一个电饭煲和几把椅子，几乎没有像样的家当，满地凌乱地放着些不起眼的杂物。

雷萍说："李芳经常来这儿吃饭，每次就坐在这个小饭桌前，她不挑食，饭好饭歹都说好，夸我厨艺棒，她和我们相处都很愉快。这里离她的学校很近，只有几百米，她经常来。"

"她住过你家吗？"我问道。

"没有，以前她曾经在这斜对面租了一间房，住了有两年。"雷萍边说边用手指了一下门外，神情有些沮丧，扭过脸去。

时针指向了15时，到了我和信阳市委宣传部约定的时间。我匆忙告辞，迅速赶往信阳市委宣传部。

宣传部领导给予了极大的支持和配合，主动帮助联系李芳家属和绿之风希望小学校长，并表示在信阳有需要他们协助的，一定尽最大努力。

次日，我又驱车30公里来到了绿之风希望小学，在校长王斌、书记张涛、副校长李记等的陪同下一起追忆李芳老师的芳踪。

董家河镇绿之风希望小学是信阳市浉河区一所农村寄宿制小学。学校现有一至六年级教学班共17个，在校生1279名，在职教师46名。

李芳生前的办公室现已改为"李芳同志先进事迹陈列室"。在她的办公桌上，仍然保留着其生前的摆设模样：学生们的学习与巩固手册、拼音本都已批改完毕。桌边一小盆绿植在阳光照射下闪出多彩光华。它们似乎都在静静等待着李老师归来。我想，这里一定是李芳老师最留恋的地方吧。

李芳三哥李广旭家

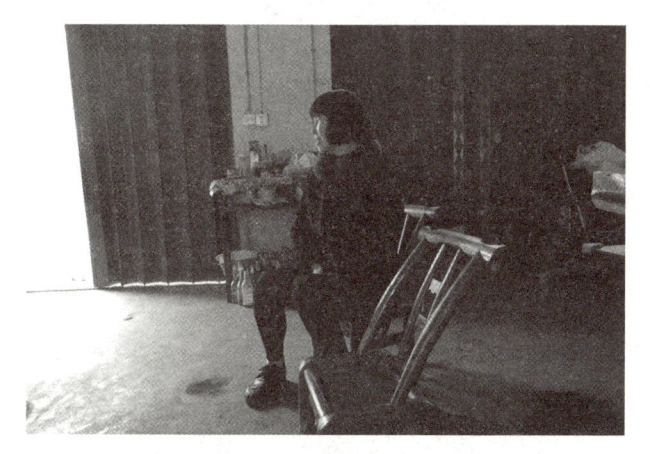

李芳三嫂雷萍

李芳曾经用过的小饭桌

五 故里寻芳踪

李芳同志先进事迹陈列室

李芳生前办公桌

李芳英雄事迹信息栏

人们自发撰写的追忆作品

李芳老师用爱守护的学生们

在绿之风希望小学的教务处，李芳老师生前教过的二年级（3）班学生李星月用稚嫩的小手工工整整地写着怀念李老师的小文章："李老师，我还记得您刚接手我们班时，您办公室还在那边教学楼二楼。有次下雨了，我抱作业回班时把头发都淋湿了。您知道这件事后，特意换了办公室，搬到了我们教室楼下。一楼采光虽然差了，但从那以后，我抱作业再也不用淋雨了。作为您的语文课代表，您对我要求总是很严格，可又总是怕我累着，还特意为我配备了一名小助手。老师，谢谢您总为我们考虑。"

年轻的教师陈静说："就在事发前几个小时，班里一名学生由于鞋滑摔倒，碰破了额头，家长不愿意，李芳还在帮我处理家校矛盾。谁想到就两节课没见，还没来得及当面好好说声'谢谢'就……"说到这里，她眼圈一红，哽咽了一下接着说，"我觉得，李老师是这个世界上最善良的妈妈，一是她跟我妈妈年龄差不多，二是我和李老师平时都住在教师公寓。李老师住209，我住202，平时她从家回来有什么好吃的总会给我们带一些，知道我们这些年轻人出门在外不容易。"

我们来到教师公寓209，一个单间的两人宿舍，条件虽然简陋，但是被李芳老师精心布置得无比温馨。靠里的是李芳老师的床铺，悬挂着半挑空的花色蚊帐，衣服物品叠放得整整齐齐。窗外，五六个用各种饮料瓶改装的形态各异的"花瓶"里，是她亲手培育的玻璃翠，已经长出长长的一串了，晶莹剔透。

这时，一位抱着孩子的老妈妈走过来，讲了好多关于李老师的故事。她眼神中带着悲伤，颤抖着手，泪眼婆娑地指着窗台上的玻璃翠说："可怜呀，就是6月11日那天早晨，李老师还高兴地对我说：'婆婆你看，这些玻璃翠都是我从小指甲那么大一点点培养成的。'那天中午她还带了几个韭菜包子给我的小孙子吃。每天见我们，都要逗逗我的小孙子，不是带这就是带那的。多好的一个老师呀，怎么就这样说走就走了呢。"说话间，老妈妈已经哭成了泪人。

与李芳老师生前同居一室的郝翠玲老师红着眼圈哽咽着说："李老师平日是一个最爱美的人，我们都爱叫她'老美女'，她也很乐意有这个'美名'。上周二她刚和我们一起度过了自己49

最美李芳

岁的生日。在我们眼中，她就是我们学校最美的'老美女'！得知她在三轮车失控冲向学生时选择用自己的身体去阻挡的消息，我们一点儿也不觉得奇怪，因为她就是一个肯定会这样做的人。可万万没想到，她这次最美的选择，却成为留给我们最后的美。"说着说着，郝老师已经泣不成声。

当我们要离开教师公寓的时候，看门的老妈妈拉着我们要名片，说要给我们讲好多好多关于李老师的故事，眼神中带着恳切，颤抖着手。

可当我们调好镜头，老妈妈早已哭得不能自已。她摆摆手，还是哽咽得难以出声。旁边的老师说，老妈妈这几天每个夜晚都是等到很晚很晚还舍不得锁门，她一直在等，等善良如闺女一般的李老师回来。

六　苦难岁月

　　董家河钟灵毓秀，风景秀丽，古迹林立。五道河奇景、公母潭瀑布、云雾山鹰嘴石、车云千佛塔、睡仙桥村，让多少游人流连忘返，遐想翩翩。

　　这里滋养出的女子大都肤白粉嫩，她则更甚，肤白胜雪，面若粉桃，一双大眼顾盼生辉，整个一位从古典小说里姗姗而来的温婉女子。

少年时期的李芳

李芳读中学时（前排左一为李芳）

1982年9月，她考入董家河乡中学就读。那时候还没有普及义务教育，女孩子能进入初中读书很不易。

山村里家家基本上都有四五个孩子，甚至更多，所以都一样清贫一样苦，能进入乡初中读书很不容易。因为贫穷，父母只得挑拣着拔尖的、有前途的孩子重点培养，其他都过早地辍学务农。面对当时残酷的现实，这实属无奈之举。

这里还有一个陋习就是，人们普遍认为，女儿将来是人家的人，儿子才是传递香火的。于是乎，好吃的给儿子，上学也优先供儿子……如此说来，李芳确是幸运儿。

穷人家的孩子羞涩纯朴得如路边的小草，给点露珠便能茁壮成长。

通常农村的孩子和城镇的孩子泾渭分明，少有来往。确切地说，李芳是介于二者之间的那种，在她眼里没有高低贵贱之分，以一样的心态去面对，用当时大家评价她的原话就是"没心没肺"，最为单纯的意思。

14岁那年，家里遭遇重大变故，她的父亲去世了。经济支柱倒了，母亲带着9个子女，生活一下子陷入了困境。

天无绝人之路，当民办教师的小哥支持她继续求学，资助她读完了初中。

在被接济中度日的辛酸，她尝了不少。生活的磨难化作她学习的动力，初中三年，她的成绩一直名列前茅。

一个经历过苦难的人，更容易懂得感恩。她的善良，是一种天性，更是苦难中开出的花朵。

李芳是校园里最引人注目的女子，集外貌、成绩、品行于一身，自然吸引了情窦初开的少年，不知如何表达懵懂感情的小男生，偷着给她写字条，她不理；实在按捺不住，便当众拉了她，无畏无惧地质问:"李老五,你咋不理我呀?"她梨窝一现,脸一红,转身跑了……

那些小男生又气又急又无奈,内心的小愿望难以达成,她的小外号却风行校园——"李老五"。

后来这些点滴便成了同学间偶尔相聚时谈话的笑料,那些无畏无惧的少年和往事飘散风中,成为日后最为温暖的记忆。

尽管中考分数足以上一所重点高中,但是报考时,她还是选择了师范学校,她想尽自己的能力,早点给哥嫂减轻负担。

不难想象,凭她的才貌,上师范那些年,她应该是最无忧无虑的,

李芳在信阳师范学校读书时

青春靓丽如她，该拥有怎样一段令人艳羡的轻松时光。毕业后分配到家乡的小学，谈恋爱，结婚，生子，安稳而单纯，简单又幸福。

可能是山乡女儿情感太朴素，总以为像她这等聪慧美丽、才情出众的女子一定会轰轰烈烈地给我们来点精彩故事，可她倒好，自带着卓绝的风采，安心顺意地毕业上班，平稳幸福地结婚生子。

她的同学们总觉得这不该是她这样的女子所应有的生活。只是那时没有料到她一生平稳而祥和，却以今天的惊天动地之举给了大家最意外的结局。或许是命中注定，她这样的女子，终是极不平凡的。她生命最美的姿态终已定格，以一种最为惊心、绚丽夺目的耀人光彩绽放。

时光未变，岁月静好，她依然风华如旧……

七　那是青春吐芳华

"世上有朵美丽的花／那是青春吐芳华／铮铮硬骨绽花开／漓漓鲜血染红它……"

位于浉河区申城大道的信阳师范学校，创建于1903年，具有百年的办学历史，是全国最早的中等师范学校之一。"严谨、勤奋、团结、文明"的百年校训，培养出8万多名学子，从这里走向天南海北。

初中同学金平回忆道："当老师是李芳一直以来的梦想。那时的我们正值少年，常常在一起憧憬未来。李芳想考信阳师范，想以后回家乡董家河当一名小学老师。"

客观地说，当年选择上师范学校的大都是各县区乡镇学习拔尖的寒门子弟。那代中师生，是按全才理念培养的，语数外、理化生、政史地、体音美都要学习，毛笔字、钢笔字、粉笔字、简笔画、弹琴舞蹈都要训练，是"含金量"颇高的一代人。

正是这些中师生日后撑起了中国教育的大厦，把人生中最美好的青春奉献给了最苦最累的基层教育。同样，当年能考进信阳师范

学校的也都是各县区乡镇学校中的佼佼者。

当年李芳他们上课的工字楼，如今被命名为工志楼，又叫木楼，因为它的楼梯、地板、走廊的栏杆都是木质的，是过去能工巧匠智慧的结晶，现在它是市级文物保护单位。经过整修加固，工志楼两端的教室如今大多被用作信阳一高教师的办公室。

回忆是一片金黄的沙滩，记忆中的事早已化作贝壳里的珍珠，埋藏在粒粒细沙中，珍贵而美丽，安静又热烈。

1986年9月1日，一群来自四面八方的农村孩子相聚在信阳师范学校86级（2）班，相聚在工字楼二楼一隅的教室。

十六七岁，正值青春疯长的花季，天真、稚气、羞涩，还带有离开家乡和亲人的那种寂寞与愁绪。

"31个男生，15个女生。"来自罗山县城关小学的女教师尤玉兰对当时入学的情况记忆犹新。

"开学第一天，我第一个认识的便是李芳。那天下午，我走进宿舍，她侧身靠在被子上正闭目养神呢，发觉有人进来赶忙起身，给我一个甜甜的微笑。这一笑便拉近了我俩的距离，我们开始亲切地聊了起来。以后无论是在课上、课下，还是在教室、操场，你随意偷偷一瞥，总能见到她在笑。她的笑真迷人！有时微笑，有时浅笑，有时是莞尔一笑，她本来就长着一双水灵灵的会笑的大眼睛。她性格温和，善解人意，我从未发现她烦恼忧愁过。我常常在想，她为什么总能笑出来呢？相处久了才知道，因为她心里一直充满阳光，所以总给人温暖、祥和、舒适的感觉。她的微笑像阳光，纾解了我们少小离家的愁绪……"尤玉兰一口气说了很多，时过境迁，李芳留给她太多美好而深刻的记忆。

她的室友、好朋友姜素梅说："我常常想，为什么她总能笑得出来呢？她没有忧愁吗？后来相处久了我才明白，因为李芳心里一

寝室十姐妹（前排右一为李芳。与李芳牵手的是图片提供者尤玉兰）

青年时期的李芳（后排右一）

直充满阳光,心地特别善良。"

20世纪80年代,物质匮乏,再加上交通不便、通信不畅,好多来自外县的同学一个月也难得回家一次。

"李芳家兄弟姊妹多,家境贫困。好在已经嫁人了的二姐家就在学校附近。大部分的周末,李芳经常带着离家远的同学到她姐姐家改善生活,同时也纾解一下思乡的愁绪。"如今在浉河区五星办事处七里棚小学任教的李冬英说。

李冬英的话得到现场好几位同学的附和。尤玉兰,还有来自信阳息县孙庙乡范楼小学的冯甦,当年都曾多次到李芳的二姐家打过牙祭。

在信阳师范学校第一年国庆节放假,家住附近的同学都准备回家过节,而来自新县的汪敬荣却在教室里黯然神伤。

"你怎么了,不开心吗?"李芳看见了,笑眯眯地跑过去问道。

汪敬荣有些不高兴:"你倒是每个星期都可以回家看父母,我却放寒假才能回去,你哪里知道想家的感觉。"

而事实上,李芳在初中时就失去了父亲,她比谁都知道孤独的滋味。但李芳二话不说,只是笑着把汪敬荣拉进了与学校仅一墙之隔的二姐家,一来改善下伙食,二来使想家的同学不要太难过。中师3年期间,李芳几乎所有的同学都到她二姐家做过客。

刚入校不久,班主任王沂洪慧眼识珠,指定她担任班级文艺委员和推广普通话小组组长。

李芳在黑板上抄写歌词歌谱、指挥大家唱歌的情形,同班同学们至今仍历历在目。

如今已是信阳市浉河区柳林中心校校长的徐国东说:"当时流行的《血染的风采》《望星空》等歌,就是李芳教会我们唱的。"

"自习课上,她教我们学讲普通话。每次教之前她先备好课,根据各县的方言，因人施教。在她和其他'推普'小组成员的共同帮助下，不到一学期的时间大部分同学都能讲一口流利标准的普通话了。"尤玉兰说。

"李芳对工作认真负责，不计较分内分外。正是由于李芳和班干部们的协助，当时我这个没有经验的班主任才能顺利开展工作。"班主任王沂洪在李芳去世后写的一篇回忆文章中的这句话，在同学们的追思中也得到了证实。

李芳热情大方，集体荣誉感很强。

李芳的才干并非仅限于文艺方面。入校后第一年的运动会，王沂洪鼓励大家踊跃报名，把比赛项目全报满。但班上几乎都是农村来的孩子，连正规的体育课都没上过，哪里参加过运动会呀。

大家正在心里犯嘀咕的时候，李芳挺身站出来开导大家："咱们本来就体质差、爱生病，正好借着这次运动会加强训练，身体强壮了，以后就不生病了，至于名次嘛，是次要的，我们尽力就行了，重在参与！"

她的一番话感染了大家，很快所有的运动项目都报满了，她一人就报了4×100米接力和800米跑两个项目。每天下晚自习后，她都带着班里这群弱不禁风的女孩子到操场训练各自报的参赛项目。

运动会开始了，她参加完自己的项目后，来不及歇息就马不停蹄地组织啦啦队为运动员呐喊助威，还带领大家积极写广播稿，为班集体加分。

那次运动会比赛成绩虽然不太理想，但广播稿一项他们班得分最高，最后荣获精神文明奖，大家高兴坏了！

"在李芳的影响和带动下，我们86级（2）班学风好、班风正，同学们的心是最齐的，是公认的全级段最团结、最温馨、最有凝聚力的文明班集体。"信阳市羊山新区第一小学教师姜素梅回忆

体育课上，86级（2）班的女生跑完800米气吁吁地坐在操场上（左一为李芳）

说，"年龄上她是我妹妹，但她却总像姐姐一样照顾我。"

李芳善良、乐观、热情、大气，在同学们有缘相聚不久、彼此还不太熟悉的情况下就凸显了出来。

天有不测风云，人有旦夕祸福。

入学不久，班里一个男同学被诊断出来患了肾病，但患病同学的家长一时联系不到。

同学相互之间才刚刚认识，十六七岁的他们面对这件事情有些犯难。最终，李芳号召其他班干部一起迎接挑战。

首先动员同学们省吃俭用筹款为其缴住院费，再安排大家轮流到医院帮忙。

这个同学前前后后住院近两个月的时间，李芳跑前跑后，几乎每天都奔波忙碌在学校、医院、二姐家这三点之间。听医生说这个同学要增加营养，食物还不能太咸，李芳就从二姐家带来鸡汤、排骨汤为这个同学增加营养。

那时班里的同学绝大多数来自农村，很少有零花钱，有的男生饭量大，每个月的饭票不够用，李芳就经常把自己用不完的饭票送给他们……像这样帮助同学的事情，李芳做得太多太多了——谁身体不舒服了，心情不好了，学习有困难了，李芳或照顾，或安慰，或辅导，自然而然之间，同学情谊就在这一点一滴之中加深了。

"李芳走到哪里，都是欢声笑语一片。"信阳市第六高中教师周正云说。

第二学期，李芳向班主任王沂洪提出要辞去班委工作，王老师问："为啥？"李芳说想让那些内向、胆怯的同学也有机会锻炼锻炼，还提议让尤玉兰担任团支部书记。

卸任班干部后，她主动热情地为新班干部出谋划策。此前此后，在评优秀班干部、三好学生时，她更是主动让给其他同学。

视名利淡如水，看情谊重如山。这种理念在她青春萌动的心灵生根、发芽。

"她的心里始终装着集体，那时候我们86级（2）班同学的心是最齐的。"

熊可书，李芳中师二年级时的语文基础知识课老师，至今还保存着他们当年的成绩册。1987年，熊可书从河南大学毕业后到信阳师范学校任教，第一年接的就是李芳这个班，当时他也就比学生大五六岁。

拿出这本保存完好的成绩册，熊可书翻到其中一页，这张已经发黄的成绩单显示：李芳的学号为9号，平时成绩考核为18分（最高分20分），期中考试为91分，期末考试为92分，排在全班第4名。

李芳中师3年的辅导员、现已退休多年的袁守格说："当时能

熊可书拿出当年的成绩册，展示李芳的成绩

考上我们学校的学生，都是在各乡成绩非常出色的。而从李芳的成绩来看，说她是佼佼者中的佼佼者也不为过。"

……

师生们聚在一起追忆李芳的消息不胫而走，遍布信阳市各县的信阳师范学校86级（2）班的李芳同窗，一早就往信阳赶。

像李芳扎根偏远的乡村小学一样，她当年的同学80%以上如今也都在农村中小学工作。

一大早从息县赶来的冯甦老师，还特意把李芳曾经送给她的一件衣服带了过来。"2015年3月，我遭遇了一次意外后身体急剧消瘦，过去一直在穿的衣服突然显得肥胖不够合身。当年暑假，我们同学聚会时，李芳看到后，悄悄回家从自己的衣服中选了一件合适的给我拿了过来，当时就让我到洗手间换上。"

回忆起与李芳交往的点点滴滴，冯甦几度失声痛哭："年龄上李芳是我妹妹，但她却总像姐姐一样照顾我。在学校是这样，毕业后仍是这样。"

来参加追忆座谈会的同学里，新县的同学离得最远。早上7时，新县宏桥小学的汪敬荣老师便坐上了来信阳的公共汽车，辗转3个多小时才赶到。

提到李芳，汪敬荣悲痛中似乎还带着一丝懊恼："我几次劝过李芳调到城里教学，特别是她女儿在平桥上学那几年，但她思考再三都没同意。要是早听劝，不是就不会发生这样的事了嘛！"汪敬荣顿了一下接着说，"可话说回来，不管在哪里，假如李芳遇到这样的危急情况，我相信，她一定还是这样的选择，因为她就是这样的人……"

"3年的师范生活，李芳给我们同学留下了宝贵的精神财富。有没有她今天救学生这个壮举，她都一直是我们的骄傲！这辈子我们同学没做够，来生我们还要做同窗……"

这是同学们的心声。李芳老师，您听到了吗？

6月20日上午，一场以"桃李芳华，追思校友"为主题的座谈会在信阳师范学校老校址的工字楼举行。该校86级（2）班的十几名同学与他们当年的老师，相约在曾经学习与工作过的教室里，共同追思这位以身阻挡车辆救学生而牺牲的英雄——信阳市浉河区董家河镇绿之风希望小学教师李芳。

"李芳——桃李芬芳。这虽然是姓名与职业的巧合，却注定是生命与师魂的永铸。李芳在危急的一瞬间把学生推开，是她的善良和天性使然，也与读书时学校的教育熏陶、做老师后长期的实践历练有很大关系。"在座谈会召开前，信阳职业技术学院副院长郭克明感慨道，"李芳这个名字，将永远铭刻在她母校的史册上。"

信阳职业技术学院党委副书记吴正先说，得知李芳校友的英雄

信阳师范学校 86 级（2）班毕业合影（第二排左二是李芳）

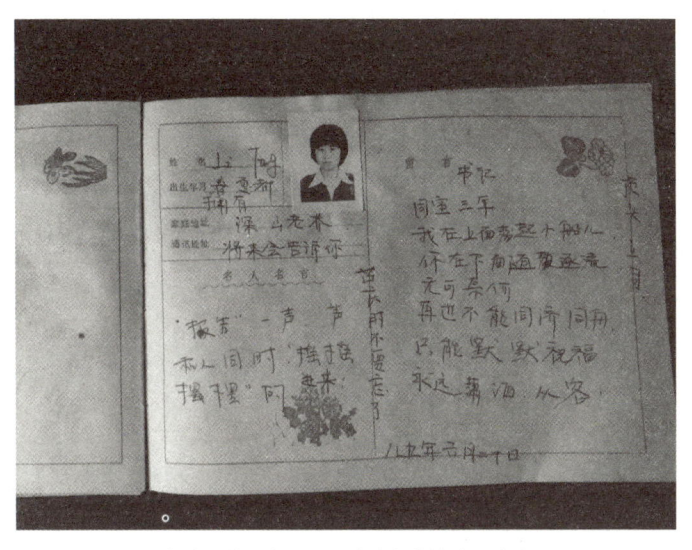

李芳写给睡在她下铺的姜素梅的毕业留言

事迹之后，学院党委第一时间就向全校广大师生员工发起了向英雄校友李芳同志学习的号召，要求各院系在开展毕业离校教育时，把学习李芳事迹作为一项重要内容——全校教职员工要认真学习李芳爱岗敬业、关爱学生、无私奉献的大爱师德，静下心来教书，潜下心来育人；全校学生要学习李芳老师勤奋向上、追求卓越、扎根基层的崇高理想，立志为实现中华民族伟大复兴中国梦不懈奋斗。

八　情定黄龙寺

掩映在青山绿水中的黄龙寺，位于大别山腹地。这是李芳老师参加工作的第一站。

抗战时期，著名的黄龙寺会师曾在此发生。这次会师，是豫鄂边抗日根据地创建过程中一次具有决定性意义的战略行动，为日后建立巩固以四望山为中心的敌后抗日根据地打下了坚实的基础。这是大别山抗战史上的一个标志性事件。会师后，时任新四军豫鄂独立游击支队司令员的李先念，在黄龙寺主持召开了四望山党和军队负责人会议。在这次会议上，李先念要求信阳挺进队的党组织把发展抗日武装、扩大游击根据地、建立党对军队的绝对领导作为自己的首要任务，并就如何进一步发动民众、开展豫南敌后游击战争等问题，给挺进队的党组织作了具体部署。随后，豫南特委和信随县政府也先后在这里设立。

如今的黄龙寺，早已远离了战争的烽火硝烟。然而，在历史的长河中，那段艰难岁月的风雨沧桑已永远被后人铭记。

走过一段弯弯的山路，来到黄龙寺村一个叫围墙湾的地方，就看见一座坐北朝南、已经残破不堪的院落，残存的拱形大门、厚石院墙和青砖灰瓦的老式房屋，似乎在向人们诉说着无尽的沧桑。

1989年的秋天，是个收获的季节。

有一天，在黄龙寺小学教书的李芳下课后，见到了介绍人和代业明。

就是这一面，让高大帅气的代业明在内心埋下了一颗爱的种子，燃起爱的烈火，第六感觉告诉他，这个漂亮、开朗的女孩就是自己想找的对象。

但碍于有人在场，代业明也很羞涩，就没有多说。他看到了李芳书架上有一本书——当代女作家杨沫写的《青春之歌》。

"其实这本书我早就看过，当时就是想通过借一本书，还书时还可以见到她。"表面腼腆的代业明当时留了个"心眼儿"。

《青春之歌》是当代文学史上第一部描写学生运动、塑造革命知识分子形象和成长命运的优秀长篇小说。这本书以革命历史为题材，讲述的是发生在一个女青年身上的爱情故事。

"他也喜欢看这样的书？"李芳又惊又喜，如情窦初开的花儿，颤抖了一下。

从某种程度上讲，《青春之歌》这本书成了他们相恋的信物、真正的红娘。

很快，代业明去黄龙寺还书，两个年轻人有了单独相处的第二次见面。

这也就有了小伙子真情的表白："我挺喜欢你，想跟你处对象，你……"

"嗯。"声音细小，一脸羞涩。

得到许可的代业明，瞬间感到天高地阔，花儿含羞笑，山峦向

他示好，小草向他点头。他兴奋得一阵风似的跑回了家。

到了第三次见面，代业明告诉李芳上次他是跑着回家的，李芳惊讶得张大了嘴巴，怎么也不相信。几十公里的山路，徒步夜行？

柳青《创业史》第一部第八章："再没有比恋爱的青年人敏感了，对方一丝一毫的变化，都能感受出来。"

为了再次证明自己的徒步行走，代业明这次依然步行。

天空突然飘起了细雨，这让没有带雨伞的代业明措手不及。心想：到了前面那个村子，要是有车就搭一程。结果没有，待他走过了村子，才发现来了一辆车。但他说什么也不坐了。

这么一个真性情的男子汉，不显山，不露水，却有着自己的原则、目标和追求。

一本书，两次徒步夜行，三次见面，已深深打动了情窦初开的李芳。这位刚出校门的妙龄女子，也倾注了自己所有的真情，愿意和他一起同甘共苦，一起走过日后的风风雨雨。

月上柳梢头，人约黄昏后。正值青春年华的一对恋人，在红色的革命土地上，在激情燃烧的岁月里，开始了一场看似平凡却轰轰烈烈的恋爱。

深山老林的飓风，摧残了山脊，吹折了树枝，满地的荒草不知所措地摇摆着。

"我愿意把冬天里的所有寒冷都留给自己，把温暖留给你；我愿意把生活里的所有忧愁都留给自己，把快乐留给你。因为我爱你，所以我愿意……"一贯羞于表达的代业明发自肺腑的言语，再次将李芳打动。

金风玉露一相逢，便胜却人间无数。

来路已经朦胧，去路清晰地从面前延伸。

随着无数次的接触，两颗心贴得更近了……

于是，在黄龙寺这个革命圣地，两个年轻人在深秋时节进入了热恋，收获了属于他们的满满的爱情。

后来，代业明才得知，李芳之所以选择他，有两个重要原因。一是李芳父亲去世早，早日成家，自力更生，可为哥嫂减轻负担；二是代业明人高马大，这让胆小的李芳有安全的依靠。

1990年，他们举行了婚礼，去了北京旅游。一生仅有的这一次，留下了许多宝贵的照片！

那时的首都看起来有点简陋，但生机勃勃，充满希望。人们简单质朴，热情好客，生活虽然有些清苦，但却很安静和谐。

天安门广场是人们心目中最神圣的地方。到北京去，到毛主席曾经站过的天安门脚下留个影，成为那个年代许多人的梦想。代业明、李芳在天安门城楼前有许多亲密的留影。

"天安门门洞子有多长？"李芳好奇地问。

"可能是三四十米吧。"代业明凭感觉回答。

"到底是30米还是40米呀？"

"你问这个干啥，你是想再造个天安门还是怎么着？"

"哈哈哈……"

接下来，他们去了人民大会堂。看着那么粗的柱子，李芳又禁不住问："这柱子有多粗？"

"少说直径有1.5米吧！"当电工的代业明又不是木工，没有随身带着尺子，只能含糊地回答。

当他们从北京回来以后，乡亲们总爱问李芳天安门门洞有多长。

"可能是三四十米吧。"李芳回答。

"到底是30米还是40米，还是三十几米？"不少人好奇心重，打破砂锅问到底。

"你问这个干啥，问得这么细。你还想再造一个天安门？"

话没说完，李芳自己都笑得合不拢嘴了……

老乡一直问，但那个年代恐怕很少有人能说得清楚答案。这件事足以体现出李芳多么可爱和顺从丈夫！

结婚后，本来可以向学校申请教师中转房，李芳却把指标让给了他人，自己一家人蜗居在代业明单位电管站的小机房里。

2000年，代业明调到市区工作并在市内安家后，李芳仍坚守在董家河任教，其间曾有多次机会调到城里，但她总是说："我是董家河人，对董家河有感情，对这里的孩子也有感情，大家都不愿在农村，谁来教农村的孩子？"

这些年，李芳总是每周五晚上回城与家人团聚，周一一早便返回学校。

2004年，丈夫代业明工作调到了谭家河，女儿代雨辰也考进了平桥区的初中，一家三口开始了"三地分居"的日子，周一到周五各自忙碌，周末才聚到一起。

她用温情营造和睦家庭，代业明有时候会把工作中烦闷的心情及暴躁的情绪带回家，而她总能以一个女性宽广的胸怀去接纳和抚慰丈夫的情绪。春风化雨般的温暖，使丈夫能以心平气和的情绪、稳健的心态再次投入工作中去。夫妻相敬如宾，经常受到邻里的称赞，成为人们羡慕的模范夫妻。

没有经历的人不能体会，最亲的人离去了，他们心中埋下的苦痛和暗自吞咽的那份孤独。

当笔者来到他们家中，代业明语气很轻，轻得怕吵了黑白照片里的妻子。

他面前，摊了一桌子相册、照片。

"这是我们去北京旅行结婚的记录，足足一本，有几十张。"

代业明一张张翻看着。天安门、颐和园、北海公园，都留下了新婚俪影。照片里，无一例外，她总是依偎在比自己高一头的丈夫身边，浅笑嫣然，幸福甜蜜。

2017年妻子过48岁生日，因为是本命年，代业明封了一个大红包给她。当时李芳笑着说，你这标准提上去可就下不来了啊，后年咱俩结婚30年，你说咋办？

"那天我没告诉她。其实我早就计划好了，结婚30年的礼物就是带她重游北京，她爱笑爱美，爱拍照片，想补拍婚纱照，我们拍个够！可惜，她再也听不到了。"

此时，代业明把声音压得更低了："我和李芳财务上是独立的，她的工资没我高，家里开销都是我的。有时女儿向我要钱，她也笑嘻嘻地伸手要，像一个永远长不大的孩子。"

"她和我有个不成文的约定，周末时间谁先醒了不准吵醒另一人。我很守规矩，一大早醒来蹑手蹑脚地出去锻炼，然后买菜回来。谁知，当她起来早时就和我闹了，我不起来她就拉我的被角，像孩子一样淘气，让人既好气又好笑。"代业明无奈地摇摇头，但我猜想此时的他一定沉浸在往日的幸福之中。

……

在这里让我特别感动的是这父女二人，他们一边压抑着内心的悲痛，一边接待着各界的来访。面对各界的慰问金，他们分文不收，全部交给李芳生前的绿之风希望小学作为教学基金；当信阳市委书记乔新江问他们生活上有什么困难时，父女俩的回答让人感到一股暖流在心头激荡："没有啥困难，一切听从组织安排。"

我被这一家人细腻而温柔的心润湿了眼睛，润湿了心窝，温暖着整个冬天。

……

新婚旅游纪念

笔者与李芳丈夫、女儿在他们家中合影

　　从相见、相恋、相爱，一直到结婚生子……都源于黄龙寺的那一瞥，那份情，那份爱，相伴一生。

九　扎根山村近 30 年

不是说今天通过一个危机时刻的牺牲，就瞬间看到了一个大写的人字，而是说这个人的品质一直都是如此，纯粹高尚得这么自然，只因了这样一个生死关头的本能的、高尚的选择，才让人更多地看到了这种令人起敬的高大，也才让人从平凡人身上看到了崇高。李芳老师扎根乡村学校近 30 年的点点滴滴，无一不让人动容。

在浉河区教体局，我看到了李芳的"报考定向志愿保证书"，17 岁的李芳在报考志愿书中写道："我自愿报考信阳师范学校，毕业后愿意到边、偏、远、穷山区学校任教，一定服从组织分配。"

1989 年 7 月，从信阳师范学校毕业的李芳，第一站就去了董家河乡最偏远的黄龙寺小学任教。

这所学校地处大别山腹地，不通车，不通电，连电话也没有，仅有一条长达 20 公里、宽不足 2 米的崎岖土路与集镇相连，出行只能靠走路或骑自行车，晴天一身土，雨天一身泥，条件极其艰苦。山里蚊虫多，敏感体质的李芳，身上常常被咬出一个又一个红疙瘩。

到了晚上，李芳只能点个小煤油灯备课、改作业，山里缺教师，李芳就一个人包揽了几个年级的多门课程……但即便是这样，李芳也总是笑盈盈的，无怨无悔。

兰思武是李芳从初中到师范学校的同学。毕业之后，两人一起被分配到了黄龙寺小学任教。兰思武记得，李芳在上学时就是一名特别优秀的学生，智商和情商都很高，"本来想，毕业后她会有别的选择，没想到她会到偏僻的农村小学"。

李芳的中师同学姜素梅说："李芳端庄大方、性格开朗、成绩优秀。我本来想，她毕业后一定能分到一所不错的学校。没想到，她会选择去董家河最偏远的黄龙寺小学。"

四望山、老君洞，李芳小的时候，就经常去那里玩耍闲坐。听着红军的故事长大，大别山精神在大山女儿幼小的心里生了根，发了芽。

"我将以一名党员的标准严格要求自己，处处起模范带头作用。"在信阳师范学校读书时，她提交的第一份入党志愿申请书上，娟秀的字迹清晰可见。

那个年代，像她那样申请六七次才入党很是寻常。红色的基因再加上文化的熏陶，她对党的感情有着特殊的纯与深。

1998年7月1日，李芳光荣地加入了中国共产党。

时隔整整20年，她用生命践行了自己当初的誓言："为党和人民的利益牺牲一切。"

偏远山村，三尺讲台，是她无悔的选择，她默默地守候着那份简单而又执着的信念，只因对孩子们那份深沉的爱。

李芳老师工作过的黄龙寺小学、谢畈小学，都是偏远的村级小学，即便是后来工作的绿之风希望小学，其学生也大都来自周边偏远山区，很多还是留守儿童。面对这些山区的孩子，李芳老师倾注

了自己全部的爱,她深知,要改变这些山里娃的命运,必须让他们受到良好的教育。近 30 年来,她从未想过调离,怀着这份乡村教育情怀,她扎实地深耕着。

"同学们好,我是你们的新班主任。这是我的名字:李芳,桃李的李,芬芳的芳。桃李芬芳,意思就是我的学生呀,都很有成就,都能成为对社会、对国家有用的人。从今天起,我们一起往这个方向努力,好不好?"

讲台上,李芳背对黑板,面向学生。她笑盈盈的,目光从每一名学生脸上拂过,看着几十双乌黑明亮的眼睛,似乎看到一棵棵幼苗,等待爱的泉水去浇灌。

"好!"台下,孩子们仰起小脸,异口同声地响亮回答。

这一幕,在董家河镇中心校八年级学生彭婧祎脑海里,早已定格。5 年前的那个 9 月,她在绿之风希望小学上四年级,开学第一天的第一节课,就是李芳老师上的。时隔 5 年,再次回到母校,再次来到李老师的办公室,一进门,小姑娘的眼圈就红了。

一批批学生的成长,记录下了似水年华……

她用实际行动践行了最初的承诺:"我将以一名党员的标准严格要求自己,处处起模范带头作用。"

她始终牢记入党誓词,把党和人民的事业放在最高位置,对党的教育事业无限热爱,把全部心血倾注在教书育人上。

据绿之风希望小学党支部书记张涛讲,李芳同志工作中总是想在前、走在前、干在前,是"有理想信念、有道德情操、有扎实学识、有仁爱之心"的好老师,也是同事眼中的"老黄牛"。作为一名党员,她有着高度的政治觉悟。

在党支部组织的十九大精神集体学习会上,李芳说:"习总书记提出'四个自信',我们老师的任务就是要让'四个自信'进课堂，特别要把优秀传统文化与大别山红色文化融入教学中，在孩子们心中播下爱党、爱国、爱家乡的种子。"

课堂上，她注重把社会主义核心价值观贯穿其中，每当念到"党""祖国"和"人民"等字眼时，她都会满怀深情、反复吟诵，同时讲解一些英雄模范人物的故事，引导孩子们向他们学习。作为一名老党员，她积极发挥先锋模范作用，主动开展"传帮带"，帮助新进年轻教师尽快适应乡村教育环境、提高教学实践能力，仅近5年就带出20多名"教师学生"。

从教近30年，她始终坚守在教学第一线，兢兢业业、任劳任怨，从未向组织提过任何要求。在荣誉面前，她总是首先想到年轻人。

据了解，她参加工作以来所获得的22项荣誉都是在2000年之前的，近18年没有接受过任何荣誉和表彰。当别人问她为什么总是将荣誉让出去时，她说："农村教育需要年轻人，我年纪大了，他们比我更需要这些荣誉去激励。"

这些朴实的话语和行为，饱含着她对党的教育事业的无限忠诚，生动诠释了一名共产党员初心不改、矢志不渝的坚定信念。

李芳的家在信阳市平桥区，工作的地方在董家河镇。一条起起伏伏的小路，绵延30余公里，将这两个点连接在一起。无论是骄阳似火，还是数九寒冬，这一条路，李芳不知走了多少遍。周一来、周五回，周而复始。

特别是以前没有公交车的时候，李芳骑自行车走一趟，就得花费两个多小时，四五点就起床，在晨光熹微中疾行于崎岖不平的山路上，乌黑浓密的头发上沾满细小的雾珠。见到人，她总是粲然一笑，从来没有抱怨过。这样的日子她已经度过了整整14年，5000多天。

那个年代的中师毕业生，不少人都想办法进城的进城，转行的转行。"怎么不想办法调到市里去？"几乎每一个见到李芳的人都

会问她这个问题。浉河区教体局推出了选调回城举措,在农村学校任教的老师可以参加选调考试,同时按照在基层教学的年份,一年积0.5分或1分。达到一定的分数,就能调到城市学校工作。2017年,区里回城的农村老师,平均工作年限为7.8年。而她近30年的工龄,几乎是这个数字的4倍!

以李芳的条件,她有太多的理由和机会回城:在乡村从事一线工作年限够久、教学水平够高、丈夫孩子都在城里……而她却说:"这里老师本来就少,我走了,谁带那些孩子?城里不缺老师,这里缺,我不能走。"家人劝她,她说:"等退休后,我一定好好陪你们。"

就这样,一次次主动放弃进城的机会,李芳依旧默默坚守在乡村学校,无怨无悔。李芳老师始终不忘初心,辗转在董家河镇的山山岭岭、沟沟壑壑,把整个青春奉献给了山乡的教育事业。

近30年来,她在教师这个平凡的岗位上,时刻不忘一名共产党员的初心,从最偏远的黄龙寺小学到谢畈小学、乡中心小学,再到绿之风希望小学,她始终没有离开过生她养她的这片热土,没有离开过乡村的讲台,用实际行动践行了共产党员的铮铮誓言。她把满腔的爱都倾注在了乡村孩子们身上,直至春蚕丝尽、蜡炬泪干。

十　捧着一颗心来

"捧着一颗心来，不带半根草去。"这是著名教育家陶行知先生的名言。

李芳在艰苦的环境中长大，她特别感谢党和国家将她培养成为一名光荣的人民教师，也非常注重在教学中立德树人。她注重把社会主义核心价值观贯穿于教学中，把优秀传统文化与大别山红色文化融入教学中，她会随着课文，再给学生讲一些英雄模范的故事。

她的学生说："下课后、放学后，李老师经常和我们谈天说地。她讲得最多的，就是家乡四望山的革命故事，还有大别山的红色历史。"

"有一句话她反复说：'我们今天的幸福生活来之不易，千万不能忘了这片红色的土地。'"爱党、爱祖国、爱家乡，她想让山里孩子们继承这笔宝贵的精神财富。

她喜欢利用业余时间开展各种语文实践活动。这些住校生大多是留守孩子，每天过着两点一线的单调日子，于是实践活动的时间就成了他们最激动最快乐的时候。

岁月不居，流水年年。李芳近三十年如一日，把教书育人作为自己的毕生追求，在平凡的岗位上作出了不平凡的业绩，多次获得市区乡优秀教师、教学能手、模范班主任等荣誉称号，多次示范各级别的教学优质课等。她对工作非常认真，对学生极端负责，注重钻研，不断创新教学方法，精心为学生上好每一堂课，她的课堂生动活泼、充满激情，深受学生喜爱。

不仅如此，她还以自己的行动影响和带动身边的年轻教师扎根基层、安心从教。

2017年开始，李芳老师接手二年级（3）班语文教学。班主任罗银森说："李老师不只是教学经验丰富，还很会管理班级、善于与家长沟通。我刚开始当班主任带这个班的时候，找不到方法，很不上道儿，后来李老师就主动给我传授经验，教我怎么管理。这个原本是同年级成绩最差的一个班，没想到不到一年的时间，李芳硬是帮我把这个班给带成了全校的尖子班。"在二年级（3）班，孩子们都很想念李老师，希望能有一个"一模一样的李老师"来给他们上课。

王奎远是学校较为年长的教师之一，李芳刚走上工作岗位时他们便认识，办公室里面对面。他说："在教育教学工作中，她有自己独特的方法，注重对学生的思想品德教育和人格的培养，用爱心抚育每一个孩子。她对所教学生的家庭情况、性格、爱好都了如指掌。她是学生心中的好老师，孩子们都很喜欢她。许多实习教师都愿意拜她为师，她也总是不厌其烦地教他们怎么上课、怎么克服心理障碍、怎么提高学生的学习热情。"在绿之风希望小学，她5年就带出了20多名"教师学生"。

2017年刚来上班的陈静老师，不会带一年级新生，有时候学生吵吵闹闹她"压不住阵儿"，她就嫌自己笨，坐在那里生闷气。

李芳一看新老师的脸儿就知道咋回事儿。"不要急着讲课,要先搞好行为习惯教育。"她亲切地告诉新老师,并把培养行为习惯的"秘诀"手把手地传授给陈静。

李芳老师常对身边的同事说:"我年纪大了,你们要把乡村教育的接力棒传下去。"

在学校里,哪里需要老师,李芳就去哪里。前两年,学校低年级缺老师,李芳二话不说,就去了二年级。同事说她:"小孩子太难带了,你都快退休了,何必去挑战自己。"李芳说:"没关系,带哪个年级都行。"她始终以一名优秀共产党员的标准严格要求自己,党需要她到哪里,她就去哪里,从无二话。

她身体不太好,有严重的过敏症,一到光照强和灰尘大的地方,就容易出现皮肤红肿。站在讲台上,吃粉笔末在所难免,但她都是自己吃药克服,从来没有要求过特殊照顾。执教近30年,她基本没有请过病假,即使趁假期去看了病,回到学校也压根儿不提。

在她所住的教师公寓里,她年纪最大,她就像大姐和长者一样,始终关心温暖着年轻教师。

董家河镇教师公寓楼里住了40多名老师,李芳的房间里添置有冰箱和电视,她经常从家里带来水果、饺子和新鲜的肉类,一到周末,她就把钥匙交给外地来的同事,让不回家的老师到她房间做饭、看电视,改善生活,让他们感受到家的温馨。常人一般很少能做到这些,这就是一个不一样的李芳。

每周一从市区返校时,她总会从城里带来水果、小食品等,分给公寓楼里的老师们。一有空她就帮助年轻老师带孩子,还经常给孩子买玩具、送吃的。

当年轻老师遇到烦恼忧愁或家庭出现矛盾纠纷时,她总是耐心疏导和劝解,帮助他们解开疙瘩、化解矛盾。

2017年冬突降暴雪,她发现几位家在外地的年轻老师没带棉衣,就把自己的棉衣全拿出来,分给大家御寒,不少老师都感动地说:"李芳和我妈妈年龄相仿,她在楼上,就像妈妈在身边。"

　　这些点滴的关心和温暖,留住了许多年轻老师的心。在李芳老师的感召和带动下,越来越多的教师选择了留下来,把山区的希望小学作为放飞青春理想的地方。

　　……

　　绿之风希望小学党支部书记张涛说:"党的十九大之后,李芳多次找我,建议学校把优秀传统文化、地方文化、大别山的红色革命文化和信阳地区的绿色生态优势融入教学中,要留住孩子们的根,让他们从小就知道什么是家国情怀、什么是崇敬自然。可这一切刚刚开始,她就永远地离开了。"

　　流星划过夜空,虽然只是一瞬,却也能给漆黑的夜一丝璀璨的光。

　　李芳工作认真,学识和基本功扎实,能力突出,教学方法灵活且善于创新。在绿之风希望小学教低年级学生的时候,她为培养山村孩子的表达能力,有时自费买些橡皮、铅笔等提前藏在操场上的草丛里,上课时带着学生到操场,让找到的学生讲故事;对于班里那些写字总记不住笔顺的学生,李芳从不批评,总是有意在黑板上写出错字,并对发现错字的学生给予奖励,从而加深学生的印象。

　　在业务上,她对自己要求极其严格,不断学习、丰富和完善教学方法,为的是让学生们在快乐中学习。

　　2017年,她患上了甲状腺结节和乳腺肿瘤。为了不影响正常教学,她总是推托,不肯去医院做手术。丈夫代业明劝她很多次也无用,她的甲状腺结节也越来越严重,后来代业明真急了,忍不住质问她:"说吧!到底啥时候去医院?"

"到暑假吧。就暑假，好不好？"

"你就是想拖时间是吧？不行，必须马上去医院。"

代业明给李芳的二姐打电话："你妹妹我是管不了了，你来管！"

当天晚上，李芳被丈夫、女儿、姐姐"哄"进车里，送到了医院。

做完手术，醒了没一会儿，脑子还不是完全清醒的她，有点迷糊地问："我脖子上的伤疤长不长？会不会吓着学生？"

住院治疗期间，她还时刻牵挂着班里的学生，经常通过微信与代课老师、学生家长沟通孩子的学习情况。

出院后，校长劝她多休息几天，她说："住院这么多天已经耽误了孩子们的课，如果再请假，班上的孩子怎么办？"出院后休息没几天，她系条丝巾就去上班了。别人看着她很正常，其实她那时候身体虚得很，动不动就满身大汗，有时候连粉笔都拿不住。

她不但注重孩子们的学习，还非常关心他们的成长，尤其对贫困学生和留守儿童格外关爱。她常和身边的同事说："要让孩子们的心灵不再流浪，内心有所安放。"

在几十年的教学生涯中，李芳一直"爱生如子"。山村孩子是李芳的"心头肉"，特别是那些留守儿童和寄宿生。天冷了，她会第一时间提醒孩子们多穿衣服，别冻着；放假了，她会反复嘱咐孩子们不要玩火玩水，别让老师、家人担心；看到学生家庭困难，她经常自己掏钱给他们买文具、添衣物；有时看到住宿的学生没钱乘车，她会掏钱给孩子们买车票。

在她所带的每届学生中，家庭困难的孩子或多或少都得到过她的帮助。在学生们的眼里，她不仅是一位好老师，更是他们心中的好妈妈。

她把生命中的每分每秒都奉献给了党的教育事业，对每个学生

都倾注了无私的关爱。就在事发前十分钟，她拨出的最后一个电话也是在和家长沟通孩子的情况。

李芳老师对本职工作一向精益求精、勇于开拓创新，教育教学成果显著，是德才兼备的优秀教师，在自己平凡的工作岗位上闪耀出不平凡的光辉。

她用责任打造、创新课堂。为了农村孩子也能受到好的教育，她积极推进素质教育，勇于创新，始终坚持学习学科中最先进的教育思想、方法和现代教育手段，积极参加各种培训，总是以新课程理念打造每一堂课。

2017年，她主动要求承担二年级（3）班语文课的教学任务，仅半年时间，就把这个后进班带成了年级的先进班。在同事的记忆中，她经常利用中午休息时间，把班上成绩较差的学生叫到办公室进行一对一辅导，不让一个孩子掉队。每天布置作业她不厌其烦，在黑板上写一遍、看着学生抄一遍、再在家长微信群里发一遍，并及时将孩子在校学习和表现情况通过微信、电话等向家长反馈，不到一年的时间，她发出的微信就有2000多条。

同事郝翠玲说："每天中午和晚上，李芳和我都会召开'卧谈会'，聊得最多的就是班上的学生：谁的作业做得不好了，谁需要特别辅导了，谁进步很大了，谁的爸妈出去打工了，谁的爷爷奶奶需要沟通了……李芳手机里存了很多留守学生父母的电话，一有空就给他们讲孩子最近的情况。"

为了上好每一节课，她总是课前认真备课、写教案，精雕细刻。课堂上，启发学生动手动脑，大胆创新，力求使教学与生活实际相结合，注重对学生的学法进行引导。她的课堂总是充满激情，生动活泼，深受学生的喜爱。课后，她认真地批改作业，发现学生的问题及时给予帮助。但她从不满足于现状，还经常与其他教师交流教

李芳的备课本、听课本

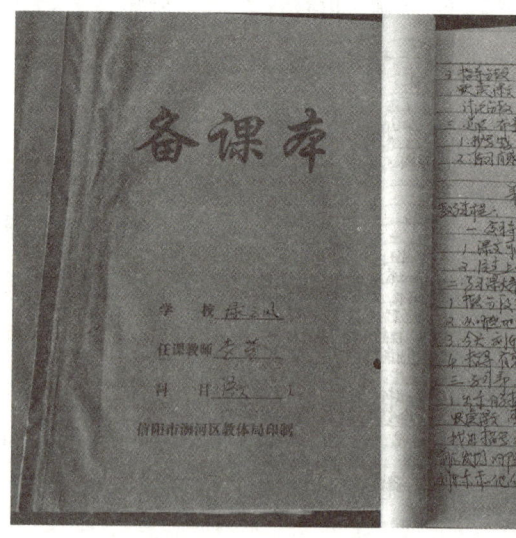

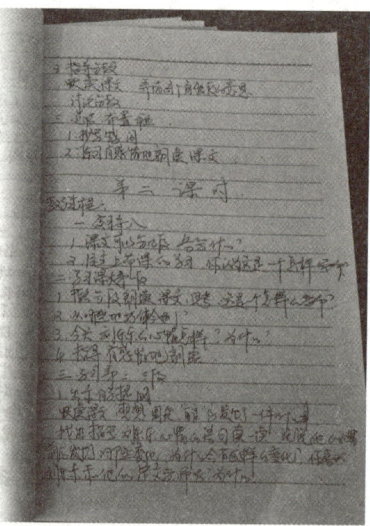

李芳的备课本

学经验，每次教师评课她都认真倾听、做笔记，并请听课教师提出建议。她深信只有教到老学到老，才会让自己保持较高的专业水平，才能永远站在教育领域的最前沿，做一名好老师。

她用爱心温暖学生心灵。在教育教学工作中，她有自己独特的方法，注重对学生进行思想品德教育和人格培养，用爱心抚育每一个孩子。她用自己的言行去感染学生，让学生受到潜移默化的影响。她喜欢和学生交朋友，无论在课堂上还是在课堂外，都喜欢与学生平等交流，完全没有高高在上的架势。由于所教学生大多是留守儿童，她对他们的家庭情况、性格、爱好都了如指掌，学生中谁家遇到困难都愿意向她倾诉，她也总会尽心地去安抚并帮忙解决。

何宏是李芳班上的学生，他的爸妈都是茶农。家里条件不好，家长一年到头忙于生计，除了一身干茶渣子和略显湿霉的茶味儿，很少给孩子带来些啥。他不爱说话，一到公众场合更不知所措，同学们甚至不熟悉他的声音。好在李芳的热情一点点地改变了他。课堂上，校园里，仿佛对上老师月牙儿般的笑眼，他的孤单和恐惧就退去了！前年冬天的一天，下了课，李老师把他叫到办公室。屋里没有其他人，老师又往窗外瞅了瞅，确定没人路过，才拿出一件崭新的棉衣。她说，这是她给亲戚买的衣服，尺码没量好，穿不上。"我看你总是穿着这件胖胖大大的外套，换上老师这件吧，暖和。" 8岁的男孩内心涌起酸热，那一瞬间，何宏的心被融化了。他说："我真想叫李老师一声'妈妈'。"哪有男生主动戴袖套的啊，但自那以后，何宏却坚持戴上了袖套，因为他生怕磨损了那件珍贵的棉衣。

这种感情一直积蓄到李芳老师追悼会上。大人们都在忙碌，没人留意一个孩子在想什么。"妈妈！"两个字在同学们的哭喊声中从何宏嗓子里清晰、响亮地爆发出来。这一嗓子，让在场人的眼泪一下子流成了湍急的河。母爱如同春风化雨，早润泽了何宏的心田。

平时亲戚朋友有穿不上的衣服，她都收集来送给需要的家庭困难的学生。

董家河初中的胡振东曾经是李芳的学生，他讲述了这样一个细节："李老师爱穿高跟鞋，但她每次中午到班里都会换一双软底鞋，那是怕影响我们休息。"老师这看似不经意的举动，却刻进了孩子们心中。在孩子们看来，只有妈妈的爱才会这么细致入微、这么无私纯粹。

回想6月11日那不假思索的一推，一个连打针都怕疼的弱女子，哪来那么大勇气挡护学生？！女本柔弱，为师则刚，李芳的壮举，来自她优秀品格的长期涵养，源于她深入骨髓、融入血脉的责任与担当，更是她长期爱生如子品格的凝结。

前年调到学校的杜丹丹，为了赶上班车，不耽误7点半升国旗，第一个周一早上五点半就起床了。一到学校，气喘吁吁的她就接到了李芳的邀请：以后坐我的车，周一我接你来学校。这样一来，杜丹丹可以节省一个小时时间，但并不顺路的李芳至少得提前20分钟出门。但李芳乐此不疲。

她家住在市区，每周一来学校、周五回家时，她的车上总是载满了同事，大家一路上说说笑笑，都说有了李老师，下雨不用怕路堵，下雪不用怕路滑。冬天天冷，她怕外地新来的年轻老师冻着，经常把自己的棉衣借给她们穿。

工作中，李芳老师严格遵守学校的各项规章制度，处理好生活与工作之间的关系，从不缺课、迟到和早退。李芳在学校是出了名的"热心肠"。在办公室，她与同事相处融洽，对待同事热情大方，阳光开朗的性格、善良真诚的秉性让她乐于帮助身边的每一个人。

作为一名基层教育工作者，李芳老师总是以满腔的热情和爱心

投入工作中，在自己平凡的工作岗位上创造了不平凡的业绩。在危急时刻，她更是义无反顾，把生的希望留给了学生，把危险留给了自己，用勇敢无畏锻铸出不朽的师魂！

就在事发前几小时，她还在热心地帮助同事化解矛盾：下午第一节课上课，有一名学生小跑上厕所，脚下一滑摔倒了，碰破了额头。学生家长要到学校闹事。李芳老师知道后，为了不让事态扩大，打了一圈儿电话，通过真诚的沟通和调解，终于化解了家长与班主任之间的矛盾纠纷。她，就是这样一个更多想到别人的人。

她答应接下来的一个周末陪女儿代雨辰一起去参加公务员面试，可这一次，她食言了；6天前，她在同事们的祝福中度过了49岁生日，这竟成了她度过的最后一个生日；两周前，她和班里的孩子们一起排练节目，节目名称是她亲自拟的，名叫"六月的鲜花"，可她却再也回不到鲜花盛开的校园了……

人，以境界论高下，只有超越了世俗生命关怀的人，才能成就如陶行知这般"捧着一颗心来，不带半根草去"的胸怀。只有具有崇高的使命意识和赤诚相见的家国情怀，才能塑造出"真人教育家"陶行知般的内心和行为。李芳老师是新时代陶行知式的教育家的典范。

教育，是人类文明传承与创新的永恒主题。

教育的梦，都很遥远，遥远到伸出天际，望不到尽头。

十一 众人眼中的"傻老五"

善行无疆,淡泊名利。

她是别人眼中的"傻老五"。

了解李芳的人都说,李芳能做出以身挡车救学生的举动,绝对不是偶然,她就是这样的一个人。

在李芳二姐李广珍的心中,妹妹是一个特别单纯、从不与人争抢的人。

"快50岁了,仍然单纯得像一张白纸。她从不给人找麻烦,但自己经常吃苦受累无私地帮助别人。因为在家里姊妹中排行老五,我们都叫她'傻老五'。"

待人真诚,热心肠,爱笑,是李芳的几大特点。无论走到哪里,她总能给人带去快乐。

"想念她,不仅是因为她不在了,更是因为她真的很美、很善、很暖。"人们提到她时,这是说得最多的一句话。

李芳兄弟姐妹九个,她在姐妹当中排行第五,巧的是,代业明的兄弟姐妹也是九个,他是唯一的男孩。

俗话说，三个女人一台戏。刚嫁进门的李芳与八个婆家姐妹相处谈何容易？令人欣喜的是李芳却与婆家姐妹相处得非常融洽，总是设身处地为她们着想，她的善良可以融化一切冰霜。

三姑姐代业华有着沉痛的过去，49岁时丈夫离世，65岁时儿子离世，中年丧夫、晚年丧子，她的精神遭受了巨大的打击，李芳对她的关心和照顾格外用心。后来她每年的生日，都是李芳热情张罗、一家人陪着她一起过。

2018年三姑姐过生日时，李芳给她买了三件衣服。卖衣服的老板说，卖了几十年的服装，还是头一次遇到顾客给婆家姐买的。感动于李芳的举动，老板执意要给其打折扣。

李芳去世后，三姑姐执意穿着李芳买的衣服来悼念李芳。

李芳夫妻多年分居两地，照顾公公的重担就落在了李芳身上，代为行孝，从未有半句怨言。李芳知道公公的饮食喜好，经常给公公买他爱吃的红豆馅粑粑和蛋糕，还给他炖猪蹄补充营养。公公家的邻居经常羡慕地说：儿媳妇又来看您了，代老头真有福气！

4年前，老人突然瘫痪了。正值暑期，李芳把行走不便的公公接到平桥区家中，亲手给他包馄饨，做老人喜欢吃的饭。快开学时，由于家里人都要上班，没法照顾，公公便被送回董家河老家，临走时他依依不舍地望着李芳说："芳呀，过年时，我还想过来！"这短短一句话，道出了对儿媳孝心的肯定，也道出了李芳做人的成功。

在李芳的悉心照料下，公公离世时99岁，走得很安详。

李芳总是为别人考虑。这些年，她最亏欠的就是丈夫和女儿。

李芳的丈夫代业明是国家电网信阳变电检修公司的一名工人，结婚快30年了，两人总是聚少离多。"李芳周末才回家，可回到家里，不是批改作业，就是累到蒙头大睡。"代业明说，"她长期伏案工作，总是喊脖子疼，我和女儿因此都学会了按摩。我有时候也劝她别那么傻,也要多想想我和女儿,但李芳总是笑着安慰我:'再等等吧,过几年我一定好好陪你们。'"

李芳的女儿代雨辰2018年在湖北省广水市公务员笔试中考了第一名。听到这个消息,李芳高兴坏了。周末,朋友们约她去爬山,她拒绝说:"女儿过一阵子要面试,我得给她买一身合适的衣服,还要给她做做培训。"

"虽然妈妈有时候显得不近人情,但我知道其实她心里最放不下的就是我。"代雨辰回忆道,"小时候,有一次我生病发烧,妈妈因为要给学生上课,就把我一个人放在董家河诊所输液。我记得临走之前她蹲下来,抚摸着我的头,对我说:'你是妈妈的乖女儿,要学会坚强。记得打完针不要乱跑,妈妈过一会儿就来接你。'我抱住妈妈的腿不让她走,但妈妈最后还是扭头走了,当时我觉得妈妈很傻很狠心。不过现在长大了,我慢慢能够理解她了,她是热爱教育,热爱她的学生,也想让我早点儿学会独立。"

"傻老五"哪里是真"傻"!她的单纯实在、不争不抢、宽宏大度、真诚待人是对"傻"字的最好诠释。

如果中国教育界多些李芳这样的"傻子",那么祖国万紫千红的百花园里定是一派生机盎然。此乃学生之幸、国家之幸!

如果中国千千万万个家庭多些李芳这样的"傻子",那么每家每户定是一片和谐美满,其乐融融。此乃老人之幸、孩子之幸!

如果社会上多些李芳这样的"傻子",那么这个世界将变成美好的人间!

毕业后时隔20年,在李芳的号召和精心组织下,信阳师范学校86级(2)班同学第一次大聚会。

来不及等待

噢来不及沉醉

年轻的心迎着太阳

一同把那希望去追

我们和心愿心愿再一次约会

让光阴见证

让岁月体会

我们是否无怨无悔……

无论是毕业聚会还是有老同学前来，李芳总是最操心的一个。酒是她从家拿的，不多不少，只给两瓶，说是怕喝多了伤身体；水果是她"恰好"在路上买的，还都是最水灵的；就连瓜子、花生等小吃也是她备的。每次都争着结账，同学们说："不能老让你破费。"李芳却笑着回答："我要多尽地主之谊。"

她认真地召集聚会，大家热闹时她便安静如当年，细细听、微微笑，沏茶倒水，同学之间都是最真性情的，若其间有了沉闷和烦忧，她便朗声谈笑，化解僵局。有她在则聚会更加完美和谐。

在山乡，缘于她的美丽大度、善解人意，虽为女子，她却成了大家心里的依靠。若遇同学之间有些小不愉快，或谁家有些小烦恼、小矛盾，她通常三言两语便能化解，让大家重归欢乐安宁。曾仔细体味她的方法，大体就是换位思考、站在对方的角度来考量和权衡，正因如此才能包容一切、化解一切。

同学聚会时，不少人问她："为什么不调到城里，与家人团聚呢？"

她的回答直率又单纯："这么好的董家河，你让我调到城里，我的学生你管啊，我才不上当呢。"

天真调皮的回答，让同学们哑然失笑，无言以对。

她是爱美的！从上学到现在几十年间，她一直是美丽的，虽扎根山乡，但她由内而外散发出来的从容和优雅，都给人赏心悦目的美感。她爱美，也多少有点"臭美"，同学们都这么以为。在2018年的生日，她的女儿还特意为她制作了生日卡片"最美的妈妈"。

虽为女子，但有点爱充老大，同学聚会的花销几乎都是她个人"承包"。她从不计较，偏偏她要做东时还没几人敢跟她抢，她做人做事有她的原则，该谁的就是谁的，她说人与人之间不贪不占不争不抢，才能长久和谐。

同学们没有想到，这20年来仅有的一次大聚会，却成了生死离别。同学刘艳辉在悲痛中写了一副挽联："李桃满天下及东及南及西及北，芳华绝千古至善至纯至慈至贤。"

她永远在同学们心里，从来不曾走远，与她挚爱的董家河山水共存。

十二　繁星点点

"繁星点点"是李芳从未更改过的微信名。

她经常在朋友圈里分享精彩文章和动人照片，一朵花、一片云、一棵树……都是她所发现的生活之美。

为什么叫"繁星点点"？这个名字的来历已无从考证。

但我想，这位教了近 30 年语文课的美丽女教师，一定记得冰心名篇《繁星》中的辞章："繁星闪烁着——／深蓝的天空／何曾听得见他们对语／沉默中／微光里／他们深深的互相颂赞了"。

或许，李芳是把那些有着美好心灵的人们比作满天的星斗；或许，她是把自己教过的学生喻为天上一颗颗闪亮的星。这些平凡又不平凡的人，在祖国各地默默作着贡献，如同繁星点缀着浩瀚的夜空。每一颗星星都有自己动听的故事吧？我相信，那故事里，一定有着与李芳有关的美丽传说，就像《小橘灯》一样，繁星点点，照亮孩子回家的路，赋予更多的人以温暖心房的光。

巴金曾说："一代代的青年读到冰心的书，懂得了爱：爱星星、爱大海、爱祖国，爱一切美好的事物。我希望年轻人都读一点冰心的书，都有一颗真诚的爱心。"

教书、育人是教师的天职，它们就像一对孪生兄弟，密不可分。

或许正是受了这样的感染和有着这样的想法，李芳选择了上师范学校。

嫩绿的芽儿
和青年说
"发展你自己！"

淡白的花儿
和青年说
"贡献你自己！"

深红的果儿
和青年说
"牺牲你自己！"

这是冰心《繁星》诗集的第十节。是的，"发展你自己""贡献你自己""牺牲你自己"，我们年轻，正是因为我们年轻，所以我们要有所追求。路漫漫其修远兮，吾将上下而求索……

残花缀在繁枝上
鸟儿飞去了
撒得落红满地——
生命也是这般的一瞥么

（《繁星》第八节）

2018年6月13日是一个令人沉痛的日子，英雄老师李芳永远地离开了她挚爱的三尺讲台，生命定格在了49岁。

"一颗善良、美丽的星辰陨落了。而她的光芒，将永远存留在几代中国人的心里……"这是爱国作家魏巍在冰心去世时对她的评论，我觉得此时此刻，把它用在李芳老师身上也是再恰当不过了。李芳老师真的做到了冰心老人《繁星》第十节里写的那样："深红的果儿／和青年说／'牺牲你自己！'"是的，李芳老师走了，她永远地离开了我们，就像"残花缀在繁枝上／鸟儿飞去了／撒得落红满地——／生命也是这般的一瞥么"。

孟子曾说："生，亦我所欲也；义，亦我所欲也。二者不可得兼，舍生而取义者也。"舍生取义，李芳老师，您做到了。

世间，初心最珍贵，真情最动人。李芳老师从20岁毕业分配到乡村小学直至因公殉职，近30年默默坚守，用自己对教育事业和山区孩子的爱，为我们树起了标杆。

人们常说教师像蜡烛，像园丁，从事的是太阳底下最光辉的事业，生活中有很多老师像李芳老师一样，默默地付出，在人群中是那么普通，但是，在紧要关头就会无私地奉献自己，可能也是这个时候才会让更多的人想起"老师"。

李芳老师是践行"四有"好老师要求的先锋模范，是乡村教师的一面旗帜。

当代教育专家李镇西老师说过："爱不等于教育，但教育不能没有爱。"这是对我们教育工作者的谆谆教导，更是对我们老师感情的熏染。

有了爱，干涸的沙漠，才会湿润；有了爱，枯萎的花儿，才会重新绽放；有了爱，稚嫩的学生，才会走出误区……我坚信爱能滋生奉献，爱能萌发创造，爱能改变任何一个人。

青山巍巍埋忠骨，一腔热血洒杏坛！李芳老师去了，但是李芳老师的精神永存！她是新时代名副其实的人民的好老师！

> 繁星闪烁着——
> 深蓝的天空
> 何曾听得见他们对语
> 沉默中
> 微光里
> 他们深深的互相颂赞了

请允许我再次用冰心《繁星》第一节来缅怀李芳老师吧！因为李芳老师生前的微信名就是"繁星点点"。繁星点点，正像李芳老师充满爱意的眼神，照亮了孩子前行的路，同时，也照亮了无数像李芳老师一样普普通通的教育工作者的前程。

十三　结束，是另一种开始

生命如同圆形的跑道，结束也是开始。

俞敏洪曾说过，每一条河流，都有自己不同的生命曲线，但是每一条河流都有自己的梦想，那就是奔向大海。或许现在的我们寻梦的轨迹不同，但生命就如一条长河，最后还是会回到原点，画上一个完美的句号。

李芳老师的生命虽然结束了，但她的精神长河不会停息，而是另一种开始。

她生命宣告结束的那一天，仿佛将一块巨石丢进巨潭，掀起了千层巨浪，一层一层，层层迭起，不曾落下。

2018年6月13日，河南省人大常委会副主任、信阳市委书记乔新江在第一时间作出批示：李芳老师不幸因公殉职，令人悲痛和惋惜，特致深切哀悼，并向其家属表示慰问。浉河区和信阳市卫生、教育部门要全力以赴做好受伤学生的救护治疗工作。

信阳市委副书记刘国栋洒泪写下诗歌《抉择》，赞颂李芳用生命完成了教师"最后一堂课"！

河南省教育厅副厅长毛杰批示：李芳老师在危急时刻的突出表现，集中展现了人民教师"舍己为人"的人性光辉，生动诠释了"学为人师，行为世范"的崇高师德。在她的英雄壮举里，闪烁着爱生如子的母性般的师德光辉，她是我们新时代的"张丽莉"，是我们身边的最美教师，是人民满意的好老师，是我们学习的榜样和楷模。

2018年6月13日下午，信阳市委常委、宣传部部长曹新博看望慰问了李芳的家属。曹新博表示，李芳的英勇事迹充分彰显了当代人民教师的道德高度，她是人民教师的楷模，是践行社会主义核心价值观的典范。

信阳市教育局党组书记、局长苏锡凌带着办公室、人事科、师训科负责人赶到绿之风希望小学，慰问了李芳的家属，他动情地说：亦师亦母，大爱无言。李芳老师在危急关头挺身而出、舍己救人，用生命把自己对学生的爱谱写成一曲感动社会、启迪你我、为人师表的英雄赞歌！这样的老师是教育的光荣，是教师的典范，是我们学习的榜样和楷模！

2018年6月14日，河南省人大常委会副主任、信阳市委书记乔新江再次作出批示：李芳老师在危险来临时，勇敢地用自己柔弱的身躯阻挡失控车辆，奋力推开学生，把生的希望留给学生，把危险留给自己，用生命诠释了为人师表的高尚品质，彰显了一名人民教师舍己救人的崇高境界。李芳老师是践行社会主义核心价值观的模范，是教育战线的"最美教师"，其英勇壮举值得全市广大教师和党员干部学习。全市宣传、教育部门要认真总结、宣传李芳同志的英勇事迹，弘扬主旋律，凝聚正能量。全市干部群众要以李芳同志为榜样，立足本职，学习先进，争做爱岗敬业模范，为信阳的发展和稳定作出更大贡献。

信阳市委副书记刘国栋再赋诗《心愿》，沉痛悼念李芳老师！

河南省委书记王国生接见李芳的家属

　　河南省教育厅副厅长毛杰、办公室副主任陈凯、人事处副处长李班、师范处副处长田少辉专程从郑州赶到信阳市浉河区董家河镇看望慰问李老师的家属。信阳市副市长张明春，市教育局党组书记、局长苏锡凌，市教育局党组成员、副局长潘中华陪同慰问。

　　毛杰副厅长被李芳老师奋不顾身的英勇事迹深深打动，哽咽地说："在这个场景下，我们都非常痛心。在痛心的背后，我们看到了社会的正能量。一段时间，社会可能对教育的负面报道比较多，忽略了老师的爱心和奉献，李老师在第一时间用自己的生命换回孩子的生命，给了我们全中国的教师一份最大的感动心灵的力量，用自己的生命延续了孩子的生命，用自己的爱心向全社会传递了爱心，希望我们教育部门的正能量能传承下去，也希望中国社会有更多的声音去关心老师、爱护老师，让老师真正有职业幸福感。我想悲痛的背后，是给予我们的强大的心灵动力，希望李老师一路走好。"

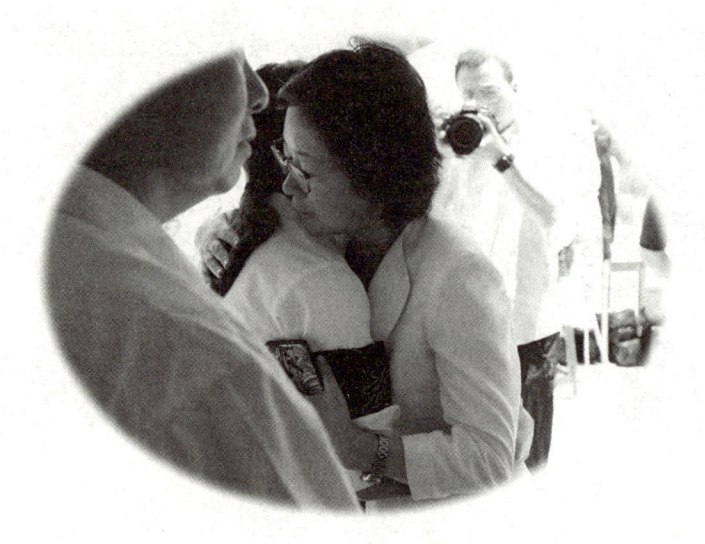

河南省教育厅副厅长毛杰慰问李芳女儿

信阳市副市长张明春代表市委、市政府到李芳老师追悼会现场深切慰问。他说:"李芳老师为人师表、行为世范的光辉形象,是我们全市教育界的骄傲,也是我们广大人民教师的骄傲,是我们人生的光辉典范,我们应该学习李老师见义勇为、爱生如子的精神,我们要号召全市所有的人民教师和教育工作者,向李老师学习。"

2018年6月15日,中共信阳市委下发关于追授李芳同志"全市优秀共产党员"称号,并开展向李芳同志学习活动的决定。

当日下午,教育部教师工作司巡视员刘建同、教师工作司师德管理处处长黄小华受陈宝生部长委托,专程赶到浉河区董家河镇,向李芳老师表达敬意,并看望慰问李老师的家属。河南省教育厅师范处副处长田少辉,信阳市政府办公室副主任钟思志,市教育局党组成员、副局长潘中华陪同慰问。刘建同向李芳的家属表达真挚慰问,他深情地说:"教育部非常重视李芳老师的英勇事迹,陈宝生

教育部教师工作司巡视员刘建同慰问李芳家属

同志特别指出，我们要向李芳老师学习。李芳老师是我们千千万万优秀中小学教师中的一个非常典型的代表，是一个深受学生爱戴、家长尊敬的教师，是一位闪烁着母性、师德光辉的教师，是一位忠诚于党的教育事业、爱护学生的教师。我们所说的'四有'好老师，就是要有理想信念、有扎实的学识、有高尚的品德、有深厚的仁爱之心。这几点，李芳老师都做到了，她向全社会展示了老师的崇高形象。我们全国现有1600多万名教师，他们当中，像李芳这样的老师有千千万万，李芳老师是其中一位最杰出的代表。下一步我们要深入推进向李芳老师学习的宣传活动，要树立一个楷模、一个典范，希望全国的教师，都向李芳老师学习，学习她爱生如子的精神，学习她兢兢业业、甘于奉献的精神，努力把工作做好，支持和推进教育事业的改革和发展，服务好'两个一百年'奋斗目标和中华民族伟大复兴中国梦的实现。"

2018年6月15日晚9点，河南省委高校工委专职副书记、省教育厅党组副书记郑邦山赶赴信阳看望慰问李芳老师家属，转达河南省委常委、省委宣传部部长赵素萍，副省长霍金花对李芳老师家属的慰问和对李芳老师的沉痛悼念，同时代表省委高教工委、省教育厅和全省教育战线的工作者以及学生，再送李芳老师一程。他说："普普通通一所学校、一间办公室，走出一位内心强大的女教师。李芳老师能够义无反顾、毫不犹豫地把生的希望让给学生，把死亡这唯一的选择留给自己，我想这一定跟她良好的家风有关系。李芳老师事迹背后，是高尚的道德情操和发自内心的仁爱之心，她给我们全社会树立了一个好的榜样，给教师队伍树立了一个好的榜样。"郑邦山还来到李芳生前的办公室，翻阅李老师生前备课笔记和批改过的作业，与李芳的同事进行了交谈。

6月16日，追悼会上，4000多名干部群众自发前来为李芳送行。当天全国各地的社会各界人士纷纷通过多种形式悼念李芳，仅新浪网上祭奠和献花点击量就达几百万人次。

6月17日上午，刚刚出差归来的信阳市委书记乔新江来到李芳家中，亲切看望慰问李芳家属，向他们表达信阳市委、市政府的诚挚慰问。乔新江说：李芳同志的先进事迹经媒体报道后，在全社会引起了强烈反响，这些天我们一直被李芳老师的事迹深深感动着。在生命攸关的危急时刻，她不顾个人安危，勇敢地用自己柔弱的身躯阻挡失控车辆，奋力推开学生，把生的希望留给学生，把危险留给自己，用生命诠释了为人师表的高尚品质，彰显了一名人民教师舍己救人的崇高境界。李芳同志是大别山优秀儿女的典型代表，她用恪尽职守的优秀品质，谱写了一首忠诚敬业、立德树人的壮丽诗篇。李芳同志把大爱内化于心、外化于行，是践行社会主义核心价值观的模范，是明大德、守公德、严私德的典范，是新时代的光辉

信阳市委书记乔新江慰问李芳家属

榜样和楷模。虽然她已经离开了我们，但是她的精神已经化作丰碑，永存于人们心中。全市广大党员干部群众要向李芳同志学习，学习她临危不惧、舍己救人的高尚品格，学习她爱岗敬业、无私奉献的职业操守，学习她爱生如子、倾心育人的大爱情怀，学习她开拓进取、争创一流的奋斗精神。要深入挖掘、宣传李芳同志的英雄事迹，弘扬主旋律，凝聚正能量，引导广大党员干部群众以先进典型为榜样，为推动信阳高质量发展提供积极的价值导向和强大的精神动力，努力在全社会形成关爱英模、尊崇英模、争做英模的良好氛围。

根据河南省教育厅来信阳慰问的领导提供的信息，河南省委书记王国生等领导也作了相关批示。

2018年6月17日是周日，本来没有报纸出版，信阳日报社党委、编委却决定临时加出一期报纸，及时全面地报道李芳老师追悼会的新闻。就这样，6月16日和17日《信阳日报》连续两天在重要版面和位置，以《英雄壮举撼人心　时代精神耀长空》为通栏标题，从不同侧面报道李芳老师英雄事迹在社会上引起的反响，形成了宣传的规模效应。特别是在头版和二版用了近两个版面的篇幅报道一位勇救学生以身殉职的乡村女教师李芳的追悼会，这个新闻刷爆了朋友圈。人民日报社资深评论员、高级编辑李长虹看了《信阳日报》关于李芳老师的报道后留言："这个新闻做得非常好，这就是报道以人民为主角，很值得总结推广。"

"一家地市党报，对一位勇救学生以身殉职的乡村女教师李芳的连续报道，特别是对其追悼会高规格的超常报道，《信阳日报》创造了传媒界报纸的两个传奇！"河南日报报业集团原总编辑、省新闻阅评组组长王亚明感叹道。

在对李芳的事迹进行报道之初，报社就确定了深入挖掘的思路，通过采访李芳的同事、朋友、家人等，讲述李芳生前的故事，多角度、全方位地还原李芳老师的事迹。

2018年6月13日一大早，报社立即启动应急报道机制，调集精兵强将，成立重大新闻专题报道小组，采取融合报道的形式，迅速展开对李芳老师事迹的采访报道。

信阳日报社党委书记、社长钱长琨认为，党报宣传平民英雄，宣传"信阳好人"现象，怎么宣传都不为过、不为错。主流媒体必须集中兵力和平台优势，大张旗鼓地宣传好新时代涌现出的李芳老师这一正能量典型人物。

2018年6月16日，《信阳日报》别具匠心地在头版开辟了《桃"李"不言　"芳"华一世》的专栏，把李芳老师的名字巧妙地镶嵌在专栏里，第一篇发表的是《"我真的离不开那群孩子"——李芳生前故事追踪报道之同学眼中的同学》。正如开栏"编者按"所言："用血肉之躯为学生筑起一道屏障，4个孩子安然无恙，她却再也没

河南省委追授李芳同志"河南省优秀共产党员"称号

有醒来。这是怎样一位平凡的教师,又是怎样一个伟大的灵魂?本报从今日始陆续推出追踪报道,从同学眼中的同学、同事眼中的同事、老师眼中的学生、学生眼中的老师等不同角度和侧面还原李芳生前故事。"

2018年6月20日,教育部党组号召在全国教育系统深入开展学习李芳同志的活动,教育部追授李芳同志为"全国优秀教师"。

2018年6月21日,中共河南省委工委、中共河南省教育厅党组要求"全省教育系统开展向李芳同志学习的活动";省人力资源和社会保障厅、省教育厅追授李芳同志"河南省优秀教师"荣誉称号。

2018年6月22日,河南省总工会追授李芳同志河南省五一劳动奖章;河南省妇联追授李芳同志为"河南省三八红旗手"。

2018年6月30日,中共河南省委追授李芳同志"河南省优秀共产党员"称号并开展向李芳同志学习活动。

2018年7月1日，河南省委组织部领导同志宣读《中共河南省委关于追授李芳同志"河南省优秀共产党员"称号并开展向李芳同志学习活动的决定》；张明春同志宣读《教育部关于追授李芳同志"全国优秀教师"荣誉称号的决定》；赵建玲同志宣读《河南省人力资源和社会保障厅河南省教育厅关于追授李芳同志"河南省优秀教师"的决定》。

2018年7月，李芳荣登"中国好人榜"。李芳于2019年3月被河南省人民政府评定为烈士。

同时，事发后各媒体的报道如雨后春笋般涌现：

2018年6月13日上午11时许，猛犸新闻客户端以《面临车祸，信阳女教师用身体挡住学生，不幸身亡》为题，率先报道了李芳老师的感人事迹，引得网友纷纷转发，10小时内阅读量超过2000万人次；

6月13日，人民日报微信公众号刊发《含泪致敬！危急关头她用身体挡住学生，却再也没有醒来……》；

6月13日，新华社刊发《含泪致敬！危急关头她用身体挡住学生，却再也没有醒来……》；

6月13日，《光明日报》刊发《致敬！危急关头她用身体挡住学生，却再也没有醒来……》；

6月13日，中央电视台播出《李芳老师：为救学生 她用身体挡住车辆》；

6月13日，教育部新闻办刊发《含泪致敬！紧急关头，河南乡村女教师舍身救学生》；

6月13日，《看东方》播出《河南：为救学生 老师用身体挡住车辆》；

6月13日，河南日报客户端刊发《信阳一女教师因保护学生因公殉职》；

6月13日，大河客户端刊发《紧急关头，信阳乡村女教师用身体挡住学生　不幸被撞身亡》；

6月13日，河南省教育厅公众号刊发《今天，我们送别一位好老师》；

6月13日，《教育时报》刊发《女本柔弱，为师则刚！爱有多深？胜过生命！——向以身挡车救学生的李芳老师致敬！！！》；

6月13日，河南教师刊发《舍命挡车救学生的李芳老师今天走了，她生前说给女儿的话……看哭了》；

6月13日，《信阳日报》刊发《乡村女教师李芳为救学生因公殉职，乔新江作出指示特致深切哀悼并向其家属表示慰问》；

6月13日，《信阳晚报》刊发《乡村女教师李芳为救学生不幸殉职》；

6月13日，信阳教育电视台播发《大爱无言铸师魂　信阳市女教师李芳为救学生以身挡车英勇牺牲》；

6月14日，人民网刊发《"最美教师"李芳　为救学生献出生命》；

6月14日，人民网河南频道刊发《面对危险推开4名学生　河南好老师李芳被撞罹难》；

6月14日，中央电视台播出《李芳老师：为救学生　她用身体挡住车辆》；

6月14日，央视网播发《她为救学生奋力一扑用身体挡住车辆　挽救四人生命》；

6月14日，中央人民广播电台《中国之声》播发《送别李芳老师，有多少老师都在用"命"爱着你的孩子》；

6月14日，《环球时报》《中国青年报》同题刊发《她为救学生奋力一扑　用身体挡住车辆》；

6月14日，中国网刊发《向李芳老师致敬！》；

6月14日，教育部公众号刊发《舍命挡车救学生！她的故事刷屏媒体，让无数网友泪奔，致敬李芳老师》；

6月14日，《中国教育报》头版刊发《李芳，以身挡车救学生》；

6月14日，中国教育新闻网刊发《生死关头，她舍身救学生！李芳老师，一路走好！》；

6月14日，《河南日报·今日头条》刊发《河南信阳女教师为保护学生殉职，官方：将申报见义勇为和烈士》；

6月14日，河南省教育厅公众号刊发《今天，我们一起怀念这位老师……》；

6月14日，《河南班主任》刊发《李芳是个好老师！其实，我们身边从来不乏好老师！！！》；

6月14日，《东方今报》刊发《生死关头，她用身体挡住学生，信阳49岁女教师被撞身亡——老师，你的名字叫爱》；

6月14日，《信阳日报》刊发《信阳女教师为救学生殉职 市委书记作出批示特致深切哀悼》；

6月14日，《信阳晚报》刊发《我市教师李芳：为救学生殉职》《学为人师 行为世范 女教师李芳为救学生牺牲的事迹引社会各界关注》《乡村女教师李芳为救学生不幸殉职，乔新江作出指示特致深切哀悼并向其家属表示慰问》；

6月14日，信阳广播电视台播发《李芳老师离开了！生前，她是女儿心中最美的妈妈！》；

6月14日，《今报信阳》刊发《含泪致敬李芳教师！乔新江作批示、刘国栋发文悼念》；

6月14日，信阳教育电视台播发《大爱无言铸师魂 信阳市女教师李芳为救学生以身挡车英勇牺牲》；

6月15日，《人民日报》刊发《"她用生命完成了最后一堂课"》；

6月15日，中国文明网刊发《河南信阳董家河镇绿之风小学老师李芳，生死一瞬间，挡在学生身前——"她用生命完成了最后一堂课"》；

6月15日，人民教育微信公众号刊发《泪奔！"希望能有一个一模一样的李老师来给我们上课，致敬李芳老师！"》；

6月15日，教育部新闻办刊发《伟大的一瞬！她用生命完成最后一堂课，致敬李芳老师》；

6月15日，中国教育电视台播出评论《向新时代最美人民教师致敬！》；

6月15日，中国教育新闻联播播发《好老师李芳最后一堂课》；

6月15日，中国教育新闻网播发《李芳：为救学生献出生命 无私大爱谱写教育赞歌》；

6月15日，《中国教育报》刊发《超越生命的大爱》；

6月15日，中国教育手机报刊发《伟大的一瞬！她用生命完成最后一堂课，致敬李芳老师》；

6月15日，《教育时报》刊发《这爱，超越生命》；

6月15日，《大河报》刊发《全国媒体盛赞信阳英雄，相关部门正为李芳老师申报烈士！一路走好！》；

6月15日，《河南校长》刊发《李芳老师，我们从来没有离你这么近》；

6月15日，《信阳日报》刊发《你用生命上完最后一节课——追记乡村女教师李芳》；

6月15日，《信阳晚报》刊发《乔新江号召全市干群以李芳为榜样做爱岗敬业模范》，推出专题报道《"芳"华虽逝 师魂浩然》；

6月15日，《信阳晚报》刊发《市委副书记刘国栋连发〈抉择〉

〈心愿〉 诗文悼念女教师李芳》；

6月16日，《人民日报》再次刊发相关文章《今天，送别一位人民教师》；

6月16日，中央电视台《东方时空》播出了为李芳老师送行的新闻《3000多人为李芳送行》；

6月16日，中央电视台《新闻周刊》栏目报道了李芳老师的先进事迹《李芳：身逝留芳》；

6月16日，央广新闻播发《千人送别李芳老师 有多少老师在用"命"爱着你的孩子》；

6月16日，新浪新闻播发《四千人送别！信阳女教师李芳追悼会举行，被追授"优秀人民教师"荣誉称号》；

6月16日，新浪网组织了为李芳老师网上送花活动，有300多万人次向李老师献花致敬；

6月16日，《河南日报》刊发《她为学生挺身挡"飞车" 群众师生四千余人送别李芳老师》；

6月16日，河南电视台新闻联播播发《数千群众再送李芳老师一程》；

6月16日，大河报开通了直播厅播发《信阳舍身救人教师李芳追悼会 社会各界将前去送行》，在线参与讨论7.2万余人，送蜡烛1.8万余人；

6月16日，河南教师刊发《李芳老师，我看到了，您已开成一朵永不凋零的花！》；

6月16日，河南共青团公众号刊发《致敬希望小学李芳老师！今天让我们再送您最后一程》；

6月16日，《信阳日报》刊发《"我真的离不开那群孩子"》《英雄壮举撼人心 时代精神耀长空》；

6月16日，信阳晚报网刊发《英雄教师李芳同志追悼会在浉河区董家河镇举行　4000余民众送别》；

6月16日，信阳教育电视台播发《落英化春泥　师魂千古芳：4000余人挥泪送别李芳老师》；

6月17日，人民日报微信公众号刊发《送别李芳老师！有多少老师都在用"命"爱着你的孩子》；

6月17日，人民政协网刊发《河南信阳勇救学生殉职教师李芳事迹感动各界》；

6月17日，中国教育报微信公众号刊发"特别关注"《舍身护学生女教师追悼会举行！今天，我们一同为她送行》；

6月17日，《中国青年报》刊发《普通教师李芳：上千人送别，无数人感动！》；

6月17日，中国发展网刊发《天国路遥　最美的你慢慢走——沉痛悼念我的挚友李芳先生》；

6月17日，凤凰新闻刊发《河南信阳市千名群众含泪参加因公殉职女教师李芳的追悼会》；

6月17日，搜狐网刊发《普通教师李芳：上千人送别，无数人感动！》；

6月17日，中华网刊发《送别李芳老师》；

6月17日，大河网刊发《李芳老师我们为你送行》；

6月17日，信阳广播电视台信阳新闻联播官方微信公众号刊发《乔新江看望慰问李芳同志家属》；

6月18日，21CN新闻刊发《李芳：用生命完成的"最后一课"》；

6月18日，搜狐网首页刊发《"最美教师"李芳为救学生献出生命》；

6月18日，教育部公众号刊发《一路走好！我们一起为她送行！

致敬李芳老师》；

6月18日，大河网刊发《信阳女教师为学生"挡车"身亡　网友写词谱曲悼念》；

6月18日，《信阳日报》刊发《乔新江看望慰问李芳同志家属》；

8月9日，《人民日报》整版刊发《引路，永恒的星光——追记河南省信阳市乡村小学教师李芳的大爱人生》。

……

李芳殉职当天，信阳市教育局立即成立组织、宣传和后勤三个工作组，全力做好善后处理和学习宣传工作。

黄文卫同志负责具体宣传工作。他全程参与了李芳同志事迹访谈、收集、整理和宣传等工作，一次次被她的故事感动、震撼："我在24年的教育工作生涯中，见过太多的人和事，但最让我刻骨铭心的，就是李芳老师。我仿佛穿越时空陪她一起走完了49年的生命历程，跟她一起亲历了那场突如其来的意外。我慢慢地了解了她，熟悉了她，也懂得了她。我含泪写了《爱的星空，繁星点点》《大爱无疆，情深意长——与李芳老师的隔空对话》《李芳女儿代雨辰写给天堂妈妈的一封信》等近百篇文章，建立了李芳事迹资料集，扫描关注微信公众号就能看到相关资料，这样做，就是为了纪念她、宣传她，让更多人了解她、学习她，将她身上的宝贵精神传承下去，发扬光大。"

2018年9月10日教师节，李芳被评为"全国最美教师""河南最美教师"。海霞在颁奖仪式上给了代雨辰一个特别温暖的拥抱。颁奖辞这样写道："危机关头，你义无反顾，用生命勇敢置换生命。大难面前，你以身挡车，为学生筑起铁壁铜墙。女本柔弱，为师则刚，你用师魂铸造丰碑。爱有多深，胜过生命，你让学生延续希望。尽父母之责，书师者担当，生前桃李不言，身后万古流芳。"

《人民日报》整版刊发纪念李芳的文章

老艺术家田华把"2018最美教师"奖杯颁给了替她领奖的丈夫代业明。当着全国人民的面，田华落泪了。她哽咽着说："我想用'善行无疆、恪尽职守'这8个字来歌颂她。她走了，但是我为我们有这样一个伟大的舍弃自我的教师感到骄傲，为我们祖国的教育界感到骄傲！"

李芳用生命完成了她人生中的"最后一堂课"，给所有人留下了难以磨灭的记忆和深深的遗憾。人们怀着惋惜追忆她，怀着崇敬学习她，用各种形式歌颂她。

习近平说：一个人遇到好老师是人生的幸运，一个学校拥有好老师是学校的光荣，一个民族源源不断涌现出一批又一批好老师则是民族的希望。

河南省委书记王国生要求：广大教师争做"四有"好老师，各地要开展向李芳老师学习的活动。

河南省委宣传部部长赵素萍说：深入开展向李芳同志学习的宣传活动，引导和激励广大教师以李芳同志为榜样，增强教师教书育

田华将"2018最美教师"奖杯颁发给李芳丈夫

人的荣誉感和责任感，立足岗位，敬业奉献，扎实工作，为推动我省教育事业新的发展作出应有的贡献。

河南省人大常委会副主任、信阳市委书记乔新江说："李芳老师是全国最美教师群体中的杰出代表，是新时代人民教师的榜样和楷模，我们要学习她临危不惧、舍己救人的高尚品格，爱岗敬业、无私奉献的职业操守，爱生如子、倾心育人的大爱情怀，开拓进取、争创一流的奋斗精神。"

河南省委高校工委专职副书记、省教育厅党组副书记郑邦山说，要围绕李芳同志先进事迹，开展"十个一"系列活动。对李芳同志的最好纪念就是认真学习她的先进事迹，以她为榜样，立足岗位，敬业奉献，扎实工作，推动全省教育事业科学发展，努力办好人民满意的教育。

信阳市教育局局长苏锡凌说：要将李芳老师事迹持续弘扬，全市教育系统要持续深入开展李芳同志先进事迹宣传学习等"八个一"活动。要把学习李芳同志先进事迹与开展的各项工作相结合，努力建设一支政治素质过硬、业务能力精湛、育人水平高超的高素质教师队伍。

绿之风希望小学的教师们说：要像李芳那样，坚守好自己的岗位，做有理想信念、有道德情操、有扎实学识、有仁爱之心的好老师，为中原更出彩立新功。

人人都出彩，何愁中原不出彩、国不梦圆！

十四　师德丰碑屹中原

为了广泛宣传李芳同志先进事迹，按照河南省委宣传部、省教育厅和信阳市委、市政府的部署，2018年7月底以来，信阳市委宣传部精心谋划，组建李芳同志先进事迹报告团，分赴河南省12个省辖市及信阳市6个县区和部分单位举行报告会。报告团一场场饱含深情的现场讲述，一次次感人肺腑的面对面交流，深深感染了数万听众。李芳同志事迹巡回报告在全省引起了强烈反响。

一项神圣而光荣的使命

李芳为救学生以身挡车英勇牺牲的事迹经国内各大媒体报道后，引起了各级各部门的高度重视和社会各界的强烈反响。教育部部长陈宝生，河南省委书记王国生，河南省省长陈润儿，赵素萍、乔新江、霍金花、曹新博等省市领导同志先后就学习、宣传李芳英雄事迹作出批示。李芳同志先后被追授"全国优秀教师""河南省优秀共产党员""中国最美教师"等荣誉称号。中共河南省委、教育部党组及河南省委高校工委、河南省教育厅党组、中共信阳市委先后发出

通知,决定开展向李芳同志学习活动,并成立师德建设研究中心。

2018年7月初,信阳市委宣传部会同信阳市教育局,精心挑选报告团成员,组织撰写宣讲稿,拍摄反映李芳先进事迹的短片。经过多次召开工作协调会及组织专业人员对发言人进行指导培训,对发言稿反复讨论、打磨、修改,最终确定《大爱无疆铸师魂》《长大后我就成了你》《那是青春吐芳华》《有妈妈的地方处处是温暖》《大别山上映山红》5篇报告发言稿,确定董家河镇绿之风希望小学教师赵艳、董家河乡中心学校学生彭婧祎、信阳职业技术学院教师熊可书、李芳的女儿代雨辰、信阳广播电视台记者王淑君、信阳广播电视台李肃然等6人为报告团核心成员,同时确定了5位替补成员,组成李芳同志先进事迹报告团。

河南省师德建设研究中心成立揭牌

一堂震撼人心的党课

每到一处,报告团成员都以饱含深情的语言,从不同角度讲述李芳老师不忘初心、潜心育人、敬业奉献、舍生忘我的高尚品德和

李芳同志先进事迹报告团在全省巡讲

优秀品质，用生动感人的事例，为听众带来一场场震撼人心的报告。每一场报告会过程中，说者声泪俱下，听者无不动容，宣讲一次次被掌声打断。

2018年10月30日，李芳同志先进事迹报告会在郑州师范学院举行。赵素萍在报告会开始之前会见了李芳事迹报告团成员。她满含深情地说，李芳同志的先进事迹是新时期教师职业道德的充分展示和深刻诠释，各地、各高校要深入开展向李芳同志学习的宣传活动，引导和激励广大教师以李芳同志为榜样，增强教师教书育人的荣誉感和责任感，立足岗位，敬业奉献，扎实工作，为推动河南省教育事业新的发展作出应有的贡献。同时，各级党委和政府要真诚关心教师，充分信任教师，维护教师权益，让尊师重教蔚然成风。

从2018年11月18日至12月16日，报告团一行冒着冬日的严寒，先后走进新乡、安阳、郑州、濮阳等12个地市巡回宣讲。每一场报告会结束后，报告团成员都抓紧时间，互相点评现场表现，总结提升演讲技巧，力争精益求精，不辱使命，确保发挥出最好的水平，争取让每场报告会达到最好的效果。伴随着报告团的足迹，李芳同志先进事迹传遍中原大地，感动大江南北。

一次精神的传播之旅

掌声，因内心敬仰响起；泪水，因心灵触动滑落。

报告团宣讲现场，听众无不被李芳舍己救人的英勇壮举和高尚品德深深打动，对于报告团成员们饱含深情、感人肺腑的报告，以经久不息的掌声和无声滑落的泪水，传递着对英雄最崇高的敬意。李芳老师心怀大我、无私奉献的至诚情怀，奋不顾身、舍己救人的大爱精神，也引发听众们的热议……

"李芳是我们大别山这块红色土地哺育的新时代英雄，是新时代

报告团所到之处,传递着对英雄最崇高的敬意

共产党员的优秀代表,是践行'四有'好老师的先锋模范,是大别山精神的传承者、践行者。报告会为我们还原了一个真实可爱、形象丰满的李芳,也让我们从中了解到英雄的成长足迹和英雄之所以成为英雄的内在原因,让人很受震撼。"信阳市浉河区委宣传部新闻中心的陈龙说。

郑州师范学院大一学生王玉琪表示,李芳老师是师范学生的榜样。"在报告会上,我才知道,李芳老师求学时就勤奋刻苦,工作后更是爱岗爱教,兢兢业业,学高为师,身正为范,将来我也会成为一名教师,我会努力像李芳老师一样,拥有高尚的道德、无私的教育情怀。"

"碧血丹心育桃李,厚德载物续辉煌。让我们汲取'最美教师'李芳榜样的力量,不忘初心,牢记使命,深入落实立德树人根本任

务，以更加昂扬的精神状态和务实的工作作风，争做党和人民满意的'四有'好老师和'四个引路人'！"信阳职业技术学院语言与传媒学院教师宗华有感而发。

在河南省实验中学，报告团成员满怀深情追忆李芳生前的点点滴滴，近距离讲述她善良、伟大的人格和爱生如子、舍己为人的精神；现场600余名听众始终保持静默，只听见此起彼伏的抽噎声。

在平顶山，与会的听众被李芳同志的先进事迹和高尚品德深深打动。有一位叫雷提姣的老师在报告会结束后，紧紧抱住李芳的女儿代雨辰，泪如泉涌，久久不愿松手，给了她母亲般的拥抱。

没有惊天动地，没有豪言壮语，一个个真切的细节，一句句朴实的话语，凝聚着浓浓的爱意，充满着责任担当，体现着奉献精神，直抵人心，净化灵魂。人们在痛惜李芳英勇牺牲的同时，纷纷表示将以李芳为榜样，学习她不忘初心的政治品格、扎根基层的道德情操、倾心育人的职业操守，做好本职工作，把李芳的大爱播撒四方。

李芳的感人事迹经媒体报道后，刷爆了网络和朋友圈。国内各大主流网络媒体也先后对李芳先进事迹报告团巡讲情况进行了报道，据不完全统计，网上发文量达61500条。亿万网友还就各相关报道进行留言，纷纷赞扬她在危难时刻的壮举，展现了师德的迷人光辉和崇高价值。

李芳走了，但她的事迹将持续在中原大地广为传颂，激励和鼓舞广大干部群众不忘初心、牢记使命、见贤思齐、锐意进取，为造福信阳、添彩中原而不懈奋斗。

十五　榜样的力量

　　李芳同志的先进事迹经媒体报道后,在全社会引起了强烈反响。李芳同志的英雄壮举,闪耀着爱生如子的师德光辉,体现了中华民族高尚的道德情操,她是我们身边的"最美教师",是践行社会主义核心价值观的典范,成为各界学习的榜样。

　　教育系统迅速掀起向李芳同志学习的热潮,用李芳同志生动的事迹感染人、教育人、鼓舞人、激励人,激发广大教师培育高尚师德、争创一流业绩的热情。宣传部门深入宣传李芳同志的先进事迹,将其作为加强社会主义核心价值体系建设和开展群众性精神文明创建活动的重要内容与生动教材,努力在全社会形成关爱英模、尊崇英模、争做英模的良好氛围。各级党委、政府和广大干部群众也积极行动起来,以李芳同志为榜样,认真学习贯彻习近平新时代中国特色社会主义思想,统筹推进"五位一体"总体布局,协调推进"四个全面"战略布局,牢固树立"四个意识",增强"四个自信",持续深入践行新发展理念,坚定不移落实"四个着力"、打好"四张牌",为造福信阳、添彩中原付出实际行动!

学习李芳同志临危不惧、舍己救人的高尚品格。面对飞驰而来的三轮摩托车，李芳同志挺身而出，舍己救人，把生的希望留给学生，把死的危险留给自己，用柔弱的身躯锻造了一面守护学生的平安盾牌，用灿烂的生命之花铸就了一座巍峨的师德丰碑。我们学习李芳同志，就要像她那样坚持人民利益高于一切，在危难的关键时刻能站得出来、冲得上去，以过人的胆识和勇气应对困难，迎接挑战。

学习李芳同志爱岗敬业、无私奉献的职业操守。李芳同志参加工作以来，一直坚守在离家30公里外的乡村小学，以校为家。丈夫身体不好，她无暇照顾，孩子学习成长，她不能时时陪伴，但她始终无怨无悔，从不向组织上提任何要求。我们学习李芳同志，就要像她那样淡泊名利、爱岗敬业，从不计较个人得失，随时准备为党和人民的事业奉献一切。

学习李芳同志爱生如子、倾心育人的大爱情怀。李芳同志把每一个学生都当作自己的孩子，熟知学生的家庭情况和性格特点，对他们倾注了慈母般的关爱，特别是对留守学生倾注了更多的心力，是学生心中的"好妈妈"。在教学工作中，注重对学生进行养成教育和人格培养，是学生心中的好老师。我们学习李芳同志，就要像她那样始终保持一颗纯洁高尚的大爱之心，积极为群众谋利益、为祖国添光彩，在全社会传递真情大爱、崇德向善的强大正能量。

学习李芳同志开拓进取、争创一流的奋斗精神。李芳同志近三十年如一日，一心扑在工作上，把教书育人作为毕生追求。她善于用学科中最新的教育思想和方法教育学生，课堂总是生动活泼、充满激情，深受学生们的喜爱，半年的时间里就把学习成绩最差的班带成了尖子班，多次荣获乡区教学能手称号。我们学习李芳同志，就要像她那样不懈奋斗、追求卓越，树一流标准、创一流业绩，在各自的工作岗位上作出应有贡献。

信阳市开展向李芳同志学习活动。一是开展李芳同志先进事迹巡回宣讲。组建了李芳同志先进事迹巡回报告团，共开展巡回宣讲报告30场，听众近30000人，受到各地热烈欢迎，引起了强烈反响，在全社会掀起了向李芳同志学习的热潮。二是开展向李芳老师学习书画作品展。举办了向李芳老师学习暨第七届中小学艺术节师生书画作品展，百余幅作品参展。三是组织向李芳老师学习主题演讲活动。由乡镇和县区组织初赛，33名选手参加了信阳市教育局主办的决赛。四是创作有关李芳老师的视频歌曲。信阳潢川幼儿师范学校、信阳职业技术学院等纷纷创作出视频歌曲，讴歌李芳。五是组织向李芳老师学习征文活动。全市中小学征集优秀文章71篇，向省级推荐55篇，使李芳老师的精神在广大教师中入脑入心。六是开展向李芳老师学习道德讲堂。以学习李芳精神为主题，开展群众性精神文明建设活动，通过教师人人参与，用身边的事教育身边的人。七是开展"寻找李芳式好老师"评选活动。表彰市级优秀教育工作者和优秀教师2200名，师德先进个人120名，"寻找李芳式的好老师"33名。八是编辑纪念李芳同志的作品集。收集整理李芳同志殉职以来的追授和学习决定、新闻报道、文学创作、纪念文章等，从不同层面、不同角度展现李芳同志的先进事迹。

信阳组织师生学习了李芳老师以身挡车的动人事迹，收看"2018全国最美教师""河南最美教师"颁奖典礼和中央电视台3套播出的《春华秋实》。在信阳标志性建筑物上为李芳老师亮了灯，一块块充满爱意的灯牌，打出了"向李芳老师学习，做李芳式的好老师"字幕，让荣光在最高处闪耀。

在李芳的母校信阳师范学校旧址举行了"桃李芳华园"落成暨英雄校友全国优秀教师李芳塑像揭幕仪式。

参会教师认真学习

各地开展向英雄李芳老师学习活动之一

各地开展向英雄李芳老师学习活动之二

各地开展向英雄李芳老师学习活动之三

十五 榜样的力量

信阳启动了"学习李芳精神，做'四有'好老师"活动，组建了"不忘初心　立德树人"师德巡回报告团，2018年9月至11月奔赴全市7个县开展先进事迹宣讲，共有3500余名中小学教师、教学管理人员、教育行政部门人员聆听了报告。

配合中央电视台、《人民日报》、新华社、《光明日报》、《中国教育报》、《河南日报》、河南电视台、《教育时报》等媒体进行报道，持续推出了《引路，永恒的星光》《岭上开遍哟，映山红》《李芳女儿代雨辰写给天堂妈妈的一封信》等宣传文章，在社会各界引起强烈反响，将李芳老师事迹宣传工作持续推向高潮。

绿之风希望小学的校长王斌透露，在2018年全区招教考试中，有113人自愿报考董家河，社会各界还为绿之风希望小学捐赠了资金和教学物资。

2018年7月上旬，由河南省教育厅、中共信阳市委主办，河南省学校艺术教育协会、河南省教育界书画家协会、郑州师范学院、信阳师范学院、信阳市教育局、信阳市文联、荆浩艺术研究院承办了"不忘初心　牢记使命——向李芳同志学习书画摄影作品展"活动。短短一个月内，共收到来自全国多地的参展作品2000余件。他们用自己的方式表达了对李芳老师的无限缅怀和敬仰之情。400余件获奖作品先后在郑州师范学院美术馆、信阳师范学院美术馆展出。

2018年9月30日，河南省委高校工委、省教育厅党组在全省教育系统深入开展"向李芳同志学习，争做'四有'好老师"主题教育活动，"寻找李芳式的好老师"大型宣传推介活动、"争做李芳式的好老师"主题征文活动也同步启动。

河南教育系统围绕李芳同志先进事迹，陆续开展"十个一"系列活动，即组织开展一项学习活动，组织召开一次先进事迹座谈会，

杏壇芳華

在大別山這塊紅色土地上英雄李芳的名字在傳頌這位河南信陽董家河鎮綠之風小學老師在生死一瞬間爲救學生獻出了她寶貴的生命抒寫了悲壯唯美的詩篇鑄造了堅實厚重的豐碑杏壇不再芳華永存今滿懷敬仰之情爲李芳老師造像以示懷念

戊戌年夏月於鄭州龍子湖畔 石品

艺术家创作的绘画作品

学生绘画作品

李芳同志先进事迹报告会走进郑州师范学院

创作编排一部情景剧并在教师节颁奖典礼上演出，举办一次学习李芳同志事迹作品展览会，组织先进事迹报告团赴全省开展一轮巡回报告，出版一部事迹读本，开展一次歌咏比赛、一次诗歌创作朗诵比赛，以李芳老师为原型创作一部舞台剧，拍摄一部反映当代人民教师立德树人、心怀大爱、潜心育人的可贵品质的影视作品。

2019年3月，在全国两会上，河南省委书记王国生面向全国媒体，两次提到李芳。3月底，李芳被评选为"感动中原"人物。

2019年4月，李芳所在的学校展览馆对外开放，学校也更名为"绿之风李芳小学"。

2019年4月，以李芳为原型的电影已开拍。

关于李芳的作品集将有一批要出版。

十六　有爱的地方处处是阳光

李芳老师，我们知道，纵然寻到您再多的照片，集齐您最美的照片，也拼不出一个完整的您啊！

仅仅49岁，您就走了，人生难以完整。

可是啊，您把生的机会让给了孩子，您的生命将在学生身上永久延续，这难道不是实现了人生的大完整吗？

一张张洋溢着生命活力、展现出李芳老师对美不懈追求、对生活充满无限热爱的照片，从各地纷纷汇聚到了一起……

这一张张照片，仿佛李芳老师美丽人生的画卷，一点点在展开……

可是，李芳老师，您还是欠世界一张安享晚年的照片啊！

多希望有一天，我们能看到，满头银丝的您，依然在学生的簇拥下美美地微笑……

李芳爱花，母亲节时女儿雨辰送她一束美丽的鲜花和一副漂亮的太阳镜，并特意为她制作了生日卡片"最美的妈妈"，没想到这件小事却成了她微信朋友圈的最后一条分享，她亲昵地称这束普通的鲜花为"小棉袄的礼物"，并配有一张图片，上面写着："有妈

最美的妈妈

妈的地方处处是阳光，有妈妈的地方处处是温暖。"太阳镜在车祸现场被三轮摩托车碾得粉碎，鲜花被李芳永远定格在了朋友圈里。李芳微信"繁星点点"再也没有了新的聊天记录，再也不会给女儿回条信息……"最美的妈妈"终是走了。雨辰在卡片的下面写道："别孤单，别害怕，您在我的心里，我永远陪着您，妈妈！"

代雨辰记得，小的时候妈妈经常给她讲的一本书就是《钢铁是怎样炼成的》，家里存放着好几个版本。

妈妈李芳常说："晶晶（代雨辰的小名），我不能每天陪在你身边，很多时候你要独立生活。要像保尔那样勇敢，勇敢地面对、勇敢地承受、勇敢地成长。"她不仅言传，更有身教。

作为母亲，从事教育事业的她深知家庭是孩子的一面旗帜，父母是孩子的一面镜子，父母的言行对孩子的成长有着潜移默化的影响。因此，她非常注重孩子的早期教育，从不迁就溺爱，要求孩子自觉刻苦，生活要乐观简朴，做人要宽容诚实。她总是把孩子当朋友，凡事尊重孩子的意愿，重事实、懂启发，总是把最后决定权交给孩子。她常对女儿说:"路是自己走出来的,自己要学会选择,妈妈只能为你引路,不能替你走路,人生之路还得你自己把握。"这语重心长的话,深深地印在代雨辰的心里,会一直伴随着她的成长。

2017年,雨辰毕业后待业在家,心情不好。李芳总是开导女儿:"任何情况下都不要怨天尤人,只要努力,一切都会好起来的。"2018年,雨辰以笔试第一名的成绩,通过了湖北广水的公务员初试。6月5日那天晚上,李芳和一位同事一起过生日,19名同事参加了她们的生日聚会。那天,一向低调的李芳兴奋地向同事宣布了女儿进入面试的好消息,这是当母亲的美好心愿。本以为就要实现愿望了,她却在女儿面试备考的日子里,与女儿阴阳两隔。在灵堂里,雨辰声泪俱下与妈妈隔空对话:"妈妈,您一向说话最算数……您说要陪我去广水参加公务员面试,您还说想看我穿婚纱的样子……这些,还算数吗?"

世上最大的痛苦就是骨肉分离,"子欲养而亲不待"的痛真的让人无力承受!信阳市教育局师训科副科长黄文卫带着伤感、流着眼泪、哭红了双眼写出了《大爱无疆,情深意长——与李芳老师的隔空对话》和《李芳女儿代雨辰写给天堂妈妈的一封信》,电脑的键盘被泪水打湿了一片,满地全是带着泪水的纸巾。当把稿子发给代业明审阅时,他和家属们感动得哭了无数次,他说:黄科长把他们想说而说不出来的话都写出来了,真的太感谢他呀!

现在,《大爱无疆,情深意长——与李芳老师的隔空对话》一文被2018河南最美教师颁奖典礼借鉴,后被很多学校排成情景剧。而那封写给天堂妈妈的信,被放在了今日头条,仅当日点击率就达到203万人次,数十家媒体争相转载。

2018年9月15日,是代雨辰面试的日子。

这一次雨辰依然坚持不让爸爸陪她。她说赴考的路上,自己想一个人静静感受妈妈注视的目光。

3个多月前,代雨辰的母亲李芳在护送学生放学回家途中,面对突如其来的飞车,果断推开学生,把生的希望留给学生,把危险留给自己。

母亲去世不久,雨辰强忍着巨大的悲痛,独自一人去了湖北广水参加面试。从考场出来,和爸爸通电话时,她难过得哭了。因为没发挥好,她让天堂里的妈妈失望了。爸爸安慰她,尽力了就好,以后还会有很多机会。

在和妈妈的老师、同事、学生一起巡回宣讲妈妈英雄事迹的日子里,她听到了很多以前不知道的有关妈妈的故事,这些故事一次次地撞击着她的心灵:有理想、有追求、有坚守、有爱心的妈妈走了,留下乡村那群她一直割舍不下的孩子,自己该怎么做?

几场宣讲回来,她和爸爸商量,今后她也想像妈妈一样,把爱送给更多的孩子。

妈妈走后,社会上的爱心企业和爱心人士,都想请她和爸爸帮忙联系妈妈所在的绿之风希望小学,希望能以妈妈的名义,在学校设立一个贫困学生爱心救助基金,将这份爱继续传递下去。

当获知信阳市学生资助管理中心要招考管理岗位人员的消息后,她毫不犹豫地报了名。虽然这个岗位不像妈妈那样能天天与学生相处,但同样能传递爱心,能为更多的贫困学生送去关爱和温暖。

当她充满自信地站在考官面前,抽到三道不同类型的面试题时,她再一次静静地感受到妈妈那满是关爱和激励的目光,仿佛在说:"晶晶,你是最棒的!"

下午5时许,当听到考官现场公布她以85.6分的成绩通过面试时,她终于忍不住流下了泪水。

走出考场,她再次拨通了爸爸的电话:"我要沿着妈妈的路,一直走下去……"

十七　太阳底下最光辉的职业

李芳老师舍己救生的消息传到她原来就读的母校信阳职业技术学院，全校师生无不感念痛惜，深切哀悼。

学校党委迅速作出安排，信阳市政协副主席、学校党委副书记吴正先，校长余运德亲自部署，一方面安排学校领导组织人员赶赴现场吊唁，慰问李芳老师家属，协助家属处理后事；另一方面，组织全校师生沉痛悼念李芳老师，并在全校范围内深入开展"向李芳同志学习""追思校友、再铸师魂"的宣传教育活动。

学校党委向全体教师发出倡议，以李芳同志为榜样，忠诚于党和人民的教育事业，认真履行教师神圣职责，为人师表，无私奉献，真正成为有理想信念、有道德情操、有扎实学识、有仁爱之心的"四有"好老师。

同时，在全体学生中开展好宣传教育活动。毕业生通过毕业典礼等时机，在校生通过主题班会等形式，做到学生全覆盖。

建筑工程学院以李芳老师的事迹为典型教案，为即将踏入社会的 2018 届毕业生上了离校前的最后一堂课。全体师生为李芳老

各地掀起向李芳同志学习高潮

师默哀。他们表示，大爱无言，李芳老师以实际行动诠释了一名教师的职业道德和人格的伟大，大家深受教育和感动，决心以李芳老师这样的杰出校友为榜样，力争为社会作出新时代青年应有的贡献。

"落红不是无情物，化作春泥更护花。"李芳老师以实际行动，展现了人民教师舍己为人的仁者之爱，爱生如子的师者之风。她是师德的楷模，更是母校的骄傲！

母校信阳职业技术学院师生深切缅怀李芳老师：

副校长郭克明说："母校恸切，追思校友，大爱无言，师魂永铸。李芳，一路走好！"

副校长郑延芳说："爱生如子，大爱铸师魂！李芳老师，您的英雄事迹为母校增辉。向李芳老师致敬，愿您一路走好！"

汽车学院院长刘晓鹏说："在重金钱、轻事业，讲实惠、淡理想，求享受、重功利的浮躁之风面前，教师的职业道德不能抽象地用'为人师表''人类灵魂的工程师'来凌空蹈虚，而要强调通过呵护学生、诲人不倦、以身作则、热爱学生、躬行实践等小事、细节来呈现，李芳老师用生命的代价证实了这点。她在危难时刻的壮举展现了师德的光辉和崇高价值。"

教师代表说："英雄不都是挽狂澜于既倒、扶大厦之将倾的伟丈夫，也不都是扛鼎拔山、顶天立地的好男儿，三尺讲台上的弱女子也能成为可歌可泣、凛然千秋的英雄。"

学生代表说："短短三个月，前有三闯火海救人的李道洲烈士，后有用生命保护学生的基层教师李芳，新时代的信阳大地依然英雄辈出！大美信阳人！"

李芳老师是河南的一名普通教师，也是中国千万教师队伍中普通的一员，但她用自己的行动及生命诠释了"学为人师，行为世范"的崇高师德。

在中国大地上，太多太多普通而优秀的老师，因为没有"李芳"或"张丽莉"式的"壮举"而长期默默无闻。

当李芳老师以鲜血和生命，撑起基层教师的良心和形象时，我们不能也不该忘记：还有很多像她这样鞠躬尽瘁的老师，仍在坚守，仍被误解，仍在流泪，甚至仍未瞑目。

这个时代，除了亲人，除了那些心怀使命的军人和警察，还有哪个群体会在生死呼啸而来的关头，义无反顾地营救我们的孩子呢？

是我们的老师。

22年前的5月，在北京市香山南路，海淀区红旗村教师杜丽丽在等公交车时，看到一辆失控的平板车冲向站台，毫不犹豫地将站台上的两名学生推开，自己当场被撞牺牲，生命永远定格在

21岁。

11年前的5月，汶川地震，天崩地裂，举国成殇，老师谭千秋、杜正香、张米亚、郑发富、肖明清、杨文友等，顾不得救家人，顾不得管自己，一次次俯下身来，护住幼小的孩子；汶川地震之后，当救援者挖开倒塌的映秀镇小学教学楼，看到一名已经气绝的男子跪仆在废墟上，双臂紧紧搂着两个孩子，宛如一只展翅欲飞的雄鹰。这两个孩子活了下来，而雄鹰的"双翼"已经僵硬，救援人员只得含泪将其锯掉，才把孩子救出。这就是该校29岁的老师张米亚。"摘下我的翅膀，送给你飞翔。"张米亚老师的事迹感动了成千上万的人。

7年前的5月，在黑龙江佳木斯市四中门口，一位叫张丽莉的年轻女教师，为了救她的学生，失去双腿，终生残疾。

……

如果继续写下去，这份名单还可以很长、很长。

天地英雄气，千秋尚凛然。一个有希望的民族不能没有英雄，一个有前途的国家不能没有先锋。每个时代都有自己的英雄，每个向上的民族都需要英雄精神的滋养。

有句话常常被提起，岁月静好，是因为有人在替你负重前行。

然而，生逢这个伟大的时代，社会对这个问题的思考，不该止步于缅怀和仰望英雄。榜样没有那么高不可攀，英雄其实人人可为，每个人都要见贤思齐，善用正面的镜子审视自己的内心，主动追求进步，从榜样身上汲取前行的力量。在洒泪挥别英雄的同时，我们更应学习她临危不惧、舍己救人的英雄气概，学习她无私奉献、爱生如子的高尚情怀，在平凡的岗位上贡献出自己的光和热。

但近年，涉及教师的舆情事件应接不暇。

2018年6月上旬，乐至县高三班主任被打伤事件在网上引发轩然大波；6月11日，就在李芳老师出事的同一天，又曝出安徽省五河县某学校老师因未及时回复微信群消息遭受家长辱骂和殴打。

中国陶行知研究会副会长、成都市陶行知研究会会长姚文忠说："最近，连续出了几桩与教师直接有关的事：有教师为学生牺牲，这是责任和大义，赢得社会敬重哀思。但也有教师因意外而至于辞职，因同事被殴被辱而愤然，造成职业压抑和受伤。这些事情放在一起，消极大于积极。从教师角度来说，这些教师需要及时的心理疏导和思想工作跟进，化解难受难堪而让他们更执着于精进。"

让人担忧的是，当师道没有了尊严，当教师没有了形象，当讲台不再神圣，当教育不再有惩戒，当校园可以随意践踏，当学校可以恣意打闹，当那些"小霸王""小混混"在校园里为非作歹、横行霸道之后还要得到保护，在群殴教师之后不但得不到法律惩罚，还要老师赔礼道歉，那将是教育之殇、全社会之殇、整个民族之殇。

可怜天下父母心，更可怜天下老师心，天下没有哪个老师不为学生好，没有哪个老师不想让学生变好。虽然有的老师温和，有的老师严厉，有的老师急躁，有的老师恨铁不成钢心切，但老师爱你孩子的心都是一样的真诚，都是穷尽一切办法和努力，想让你的孩子成才又成人。

鲁迅说：孩子是要别人教的，毛病是要别人医的。或许，孩子遇到的当下的老师，就是他生命中最重要的"别人"。

凤凰网在报道李芳事迹时评价说："李芳老师任教期间，爱护学生，团结同事，服从领导，勤恳工作，无私奉献，教育教学成绩突出，受到学生家长及同事一致好评。"

山东省东明县第一初级中学的黄凌霞老师含泪看完李芳老师的追悼会视频之后，头疼欲裂，心碎神伤！她哭李芳老师的同时，更想到了我们身边无数默默无闻、呕心沥血、三百六十五天如一日辛苦付出的老师，在当今教师被某些无聊的人时时恶意中伤的情况下，她提笔写下了百余字的诗篇，呼吁还老师一个公道，还教育一片净土！

毕业季，河南新密一高的李春瑞老师在黑板上写下这样一段话："你的一生，我只送一程。不忍言别，但车已到站，我原路返回，你远走高飞！再见！""愿你们将来都能乘风破浪，而我甘愿做你们的摆渡人。"这就是老师。

成都大学教育科学学院教授陈大伟谈道："河南乡村女教师李芳舍身救学生殉职，我们必须向这位老师表示敬意和哀悼，这是一般人难以做到的，充分说明这位老师发自内心对学生的爱和责任心，才会在这样的紧急关头毫不犹豫地做出这样的举动。"

"师者，所以传道授业解惑也。"这是韩愈对古代社会老师职业的诠释，也是我们千百年来遵循的师道精神。而我们这个时代的老师用自己的生命把师道精神上升到了一个新的高度。生命只有一次，对每个人都弥足珍贵，求生是人的本能，李芳老师这种舍己为人的精神无愧于"辛勤园丁""太阳底下最光辉的职业"的赞誉。

英雄远去，令人痛惜，在哀悼和缅怀李芳老师的同时，我们还要面对现实，解决问题，避免此类悲剧再次发生。

同时，也希望社会大众，不要把这一意外事件当作典型案例，以此要求老师一定要有牺牲精神。老师也是普通人，教师是一份职业，需要尊重、爱护。

十八　老师的荣光，河南的骄傲

人们常说，躲避危险是一种本能，挺身而出是一种责任。是什么让"李芳们"毫不迟疑？是本能，是母亲般护犊情深的本能。在灾祸面前，最有可能挺身而出、不计后果、用自己生命去保护孩子生命的就是父母。这毫不迟疑的举动，正是长期把学生当自家孩子一样关心、爱护的完美诠释！

李芳老师在那一瞬间也许并没多想，短短两秒钟也来不及多想，她纯粹就是出于善良的本能，出于对学生天然的爱与责任，便那样做了。她的性格本来是柔弱的，甚至有些胆小，正如她的好朋友说："她一定是把学生当成自己的孩子来看待，要不然她不会那么勇敢。"

信阳师范学院新闻中心主任朱四倍坦言："今天的朋友圈被《危急时刻，信阳女教师把生的希望留给学生》刷屏，这恐怕不仅仅是一种网络时代的'即时感动'，而是发自内心、自觉的情感表露。我为有这样的老师深感自豪，因为我也是一名老师！或许，这起事故有值得反思的地方，但我们最应关心的是：是什么力量促使一名

弱小的女教师舍身保护学生？这不是一道选择题，在车祸面前，甚至容不得李芳老师有丝毫的迟疑和犹豫，恰恰是长期对学生无私的关心、贴心的呵护，才催生了李芳老师的壮举。李芳老师是平凡的，但做出以身挡车护学生壮举的李芳老师又是伟大的，伟大到我们无法用任何词语来形容。我想，撇开宏大的师德话语体系，对学生毫无保留的爱，对学生不计回报的爱，可能是唯一正确的答案。充满了爱的老师就像一部活的教科书，无形中散发着强大的精神力量。李芳用生命把老师对学生的爱，写成了一部感动学生、启迪你我、教育社会的教科书！"

河南大学艺术学院副教授杨宏鹏说："躲避危险是一种本能，挺身而出是一种责任。在危险袭来的一刻，李芳老师不是本能地、

英雄李芳老师塑像

下意识地避让，而是克服了生物共有的趋利避害之本能，用自己的血肉之躯为自己的学生筑起了一道屏障，以自己的生命为代价让一众学生得以保全；这位差一岁方到知天命之年的女教师的心间，究竟是怎样一种信念，又是怎样的一种担当？

"李芳老师只是一名普普通通的小学教师，虽然素来在学生、家长、同事间广受好评，但此前并无辉煌成绩，也没有被赋予什么崇高义务；但为救学生的那奋力一挡，却充分彰显了一位教师根植于骨子里的职业操守和大爱无疆。"

在中国，还有千千万万善良、正直、初心不变的教师，他们都是活着的"李芳"。

李芳的事迹感动了教育界，感动了中原，也感动了神州大地。

后 记

2018年6月中旬以来，为救学生以身挡车的惊天壮举，让"李芳"这个名字迅速传遍全国各地、感动大江南北，引发社会各界强烈反响。

李芳，这个甘守平凡的乡村普通教师也因此走进了公众的视野。如同其名字一般，她用近30年的辛勤播撒，留下桃李芬芳。她不忘初心，矢志教育，用芳华浸润山娃，将忠诚留在山村，以仁爱倾注世人，把光辉洒向党旗。李芳这个名字已深深地刻在中原大地上，刻在人们的心上。其实，这伟大壮举的源头，是李芳老师优秀品格的长期涵养，是深入骨髓、融入血液的责任意识与担当。

2018年6月20—24日，河南省委组织部为追授李芳同志为"河南省优秀共产党员"来信阳调研，成立了四个组，分赴其学校、家庭、母校、事发地点等处，对200多人进行了访谈，挖掘、验证和整理李芳的事迹。让人震惊的是，被访谈过的人，无论是其领导、同事、学生家长，还是亲人、朋友、同学、邻居，对她危急时刻为救学生舍生忘死的选择并不感到意外。这就是他们熟悉的李芳！

越访谈越感动，越挖掘越感到李芳人格近乎完美。河南省教育厅一位人事处处长在汇报情况时，动情之处竟然泪流满面，泣不成声。

李芳走了，她用生命完成了教师的最后一堂课。为了四名学生，她那舍己救人的奋力一推已定格成永恒的画面。

李芳老师是我们身边的英雄，是红色大别山哺育出的新时代的英雄。无论是在工作中还是在生活里，无论大事还是小情，她都处处体现出一名共产党员的先锋模范作用。她那临危不惧、舍己救人的高尚品格，爱岗敬业、无私奉献的职业操守，爱生如子、倾心育人的大爱情怀，开拓进取、争创一流的奋斗精神，时时闪耀出伟大的新时代的光辉。

新时代干事创业，实现中华民族的伟大复兴，更需要李芳式的平民英雄。身处伟大的新时代，榜样没有那么高不可攀，英雄其实人人可为。每个人只要见贤思齐，善用正面的镜子审视自己的内心，从身边的榜样身上汲取前行的力量，在自己的岗位上尽职尽责、尽心尽力，不断开拓创新，积极进取，做最好的自己，就是这个时代的英雄。

作为新时代的媒体人，我有责任和义务把这种英雄楷模的光荣事迹告诉更多的人，让更多的人汲取力量，既学习英雄，也争做英雄，故当大象出版社向我约稿时，我深感荣幸，且义不容辞。

在接受任务后，我很快安排好手头的工作，便起程赶往信阳市浉河区董家河镇，深入李芳老师生前生活和工作过的地方，对其领导、同事、师友及家人进行了全方位的细致采访，挖掘李芳生前事迹，并尽力还原出一个真实的李芳。随着采访的不断深入，我越发感受到李芳平凡人生中铸就的伟大，其崇高的品格也时时触动着我，在后一阶段的采访中，我多次被李芳的事迹感动得热泪盈眶。

此书在采写过程中得到了信阳市委宣传部、信阳市教育体育局、

信阳日报社、信阳市浉河区委宣传部、信阳市浉河区董家河镇绿之风李芳小学等单位的大力支持,在此表示由衷的感谢。同时得到了李芳家属的积极配合,得到了信阳市教育体育局黄文卫同志、中国教育报社张利军同志、教育时报社庞珂同志、项城市第一初级中学王鑫等同志的大力支持与帮助,他们给我提供了丰富的素材,在此一并表示衷心的谢意。

  本书的出版得到了大象出版社领导和同志们的大力支持,他们对书稿内容和图片选择精益求精,对装帧设计方案反复修改,使内容和形式完美结合,从选题策划到付梓印刷整个出版流程体现出的一丝不苟的工匠精神,给我留下深刻印象,对他们的付出在此一并表示诚挚的感谢。

  最后,希望此书能被更多的人读到,并能带给他们前行的力量。

编著者

2019 年 4 月